江海潮生 / 著

奇境见闻之血月亮

南方出版传媒
花城出版社
中国·广州

图书在版编目（ＣＩＰ）数据

奇境异闻之血月亮 / 江海潮生著. -- 广州 ： 花城
出版社，2017.6
　　ISBN 978-7-5360-8337-0

　　Ⅰ．①奇… Ⅱ．①江… Ⅲ．①长篇小说－中国－当代
Ⅳ．①I247.5

中国版本图书馆CIP数据核字(2017)第086217号

出 版 人：詹秀敏
策划编辑：文　珍
责任编辑：张　懿　周思仪
技术编辑：薛伟民　凌春梅
封面设计：◆ 棱角视觉
　　　　　　ANGULAR VISION

书　　名　奇境异闻之血月亮
　　　　　QI JING YI WEN ZHI XUE YUE LIANG
出版发行　花城出版社
　　　　　（广州市环市东路水荫路 11 号）
经　　销　全国新华书店
印　　刷　广东新华印刷有限公司
　　　　　（广东省佛山市南海区盐步河东中心路 23 号）
开　　本　889 毫米×1194 毫米　32 开
印　　张　7.625　1 插页
字　　数　150,000 字
版　　次　2017 年 6 月第 1 版　2017 年 6 月第 1 次印刷
定　　价　30.00 元

如发现印装质量问题，请直接与印刷厂联系调换。
购书热线：020－37604658　37602954
花城出版社网站：http://www.fcph.com.cn

总　序

收获编辑部

　　悬疑推理小说对于中国来说是一件舶来品。虽然早在清朝，中国小说中便有"彭公案""施公案"一类公案小说，但真正现代意义上的中国本土悬疑推理小说的出现，还得溯源至20世纪初中国文人对于柯南道尔"福尔摩斯系列小说"的译介与模仿（早期的译介者往往同时也是仿写者）。用范伯群教授的话讲，中国现代悬疑推理小说——当时一般称为"侦探小说"——在诞生之初，就存在一个"包拯和福尔摩斯交接班"的问题。

　　而在中国本土的悬疑推理小说发生后的很长一段时间内，其发展情况并不尽如人意。这可能与中国社会长期缺乏理性、科学、法制精神有关，而这些社会普遍认知对于悬疑推理类小说而言，犹如土壤和空气对于植物生存生长一般重要。

　　但近些年来，中国悬疑推理类小说的创作，无论从数量还是质量上，都取得了长足的进步与不错的实绩，涌现出很多有着丰富生活经历和创作才华的年轻写作者。而本套"罪推理事务所"系列书则恰是对这些近年来部分创作实绩的一种汇总与展现。

现如今，每一位优秀的中国悬疑推理小说家在创作时都需要面对四个问题：如何面对中国传统公案小说的创作资源？如何面对欧美日本同类型小说的辉煌创作成果？如何融合悬疑推理故事于中国社会环境而达到浑圆的境界？如何用紧张而刺激的故事表达出普遍意义上的人性主题？本套丛书所选的这些篇小说正是写作者们从不同角度对上述问题作出的思考与回答。

我们现在还很难概括总结出中国悬疑推理类小说已经形成了哪些独特的能立于世界同类小说中的风格或流派，但看过这这些作者的作品后，我们有理由相信，距中国派推理小说的诞生，已经不远了。

第一章

1925 年，上海，初秋。

这是法租界亚尔培路的一幢英式乡村小别墅，外表略显破旧，并不起眼。周围栽满高大茂密的法国梧桐，将小别墅完全遮掩住，外人很难看见里面的情形。

此时，别墅的主人——震旦大学考古系教授陈奇正在书房里踱步，神情显得有几分焦虑。他转头看向窗户，玻璃上印出他的模样：三十四五岁，个子不高，戴着一副玳瑁眼镜，白净斯文，面貌平淡，唯一的优点是一双乌黑明亮的眼睛，半眯的时候显得很睿智，用来吓唬不听话的学生很管用。

一个月前，这张脸还是生气勃勃，而现在，只显得黯淡灰败，眼睑下面泛起大块的瘀青，显示出严重的睡眠不足。

陈奇觉得一阵眩晕恶心，赶紧闭上眼睛，顺手扶住了窗台。

楼下传来了脚步声，他紧张了一下，赶紧走到门口，探头张望。

"陈教授，是我。"似乎意识到主人的不安，上楼的人喊了一嗓子。

陈奇松了口气："洪探长，快请进。"

法租界巡捕房探长洪一枫快步走上楼，热情地使劲握住陈奇的手："陈教授，劳您久等啦。"

陈奇不动声色地从他油腻腻的肥掌中抽出手："洪探长，这几日麻烦你了。"

"客气客气，我这是职责所在，毕竟陈教授你的安全要紧。"洪一枫回头招呼楼梯下面的人上来，"你要的保镖，我给你找了一个。"

陈奇盯着慢腾腾走上来的大个子：一脸的络腮胡子，头发蓬乱，遮去了大部分面容，眼睛低垂，神情萎靡，看不出年龄。他上身穿了一件灰色的对襟褂子，下面一条黑色的布裤，脚上却蹬了一双皮鞋，与身上的衣服很不协调。

"洪探长，我想找的是类似燕子李三那样的厉害人物，可这位……"陈奇仰脸看着高了自己一个头的大个子，心里有点犯嘀咕。

大个子突然开口："你可以叫我鸽子李四。"

陈奇迷茫地看看大个子，又看看洪一枫："鸽子李四？"

洪一枫脸上的肌肉抽搐了两下："名字不过是个代号，随便叫什么都行。也许他没有燕子李三那样的轻功，但是身手绝对了得，保护陈教授你绰绰有余。"

陈奇一脸"我很好骗吗"的表情："希望这位李四先生身世清白，没有案底……"

"放心，李四比黄花闺女还清白……"洪一枫信誓旦旦，他任法租界探长多年，精明老到，一张嘴忽悠地痞流氓都不在话下，何况是这个不通世故的教授？

陈奇满心疑虑，张了张嘴，刚想说什么，洪一枫已经拍拍李四的肩膀，丢下一句"好好照顾陈教授"，飞快地走下楼梯。

"洪探长，我还没说完呢……"陈奇追到楼梯口，发现洪一枫已经拉门出去，无奈地叹了口气，"李先生，我想……"

回身一看，这位鸽子李四早已不见踪影，吓出了一身冷汗，赶紧小跑进书房。

李四正坐在书桌前的木椅上，两条长腿大喇喇地跷在书桌上，手里拿着一本书乱翻。

陈奇板着脸说："李先生，俗话说，坐有坐相，这是小学生都知道的。"

李四收起长腿，放在地面，露齿一笑："真可惜，在下没念过书。"

陈奇愣了愣，走上前夺回李四手里的书："这可是明代版本的《金刚经》。"

"有区别吗？都是一堆纸。"李四眨了眨眼睛，露出无辜的表情。

陈奇这才发现李四的眼睛很亮，几乎是金光四射，与刚才的萎靡不振判若两人。

转眼间，李四又恢复了原状，快得让陈奇以为李四刚才的眼神只是自己的幻觉。

也许，这个绰号叫鸽子李四的家伙并不像看起来那样无能，而是深藏不露的高手。

想想现在的处境，陈奇妥协了。

"李先生，既然你是洪探长推荐来的，我相信你有能力保护我的安全。三楼的客房我已经整理好，你……"

李四打断了陈奇："不，我住一楼门厅旁的小房间。"

"你怎么知道那里有房间？"陈奇很吃惊。

"观察，老板。那个房间正对着大门，视野开阔，能观察到前院里的情况。"李四笑了笑，"我需要摸清整幢别墅的情况，方便行动。"

陈奇只觉得一阵风从面前刮过，那个大个子就不见了踪影。

看着笨得像熊，动作伶俐像猫，陈奇惊叹了一下，赶紧上楼去找人。可他这种久坐书斋的文化人哪能跟得上李四的速度，眼睁睁地看着李四像旋风一样席卷过所有的房间，脸不红心不跳地到处乱翻，美其名曰检查漏洞。

当陈奇气喘吁吁关上所有的柜门房门，无意中向窗外看时，吓得险些从窗户跳出去。

"住手，别动我的菊花！"

陈奇一路大喊着，跌跌撞撞从楼上冲到院子里。李四正把他费尽心血培育的几十盆菊花随便摆放堆砌，搭成一个个阻击障碍。

"花盆可以阻挡来人的脚步，尤其在黑暗里，踢翻一个就等于报警。"李四好心地解释。

陈奇劈手夺过李四手里的一盆菊花："这些是我的命根子，我花了十多年的心血培育出来的，一个也不能动！"

"命重要还是花重要？"

"总之，你不能动我的花。"陈奇小心翼翼将盆栽放到一边，又将李四搬乱的菊花一盆盆原样摆好。这里的一草一木都有着美好的回忆，流逝的时光一点一滴都收藏在陈奇的心底，不容任何人破坏。

李四摇了摇头，有钱人多半有毛病，看来这个教授也不例外。

"对了，老板，你是不是忘了什么？"

陈奇茫然地抬起头："啊？"

"定金！"李四不耐烦地伸出手，"说好二十个大洋一个月，先付半个月。"

"哦。"陈奇站起身，"我去拿钱。"

这回轮到李四目瞪口呆了，这么大方就付钱，连问都不问一声，碰到地痞流氓，还不拿了十个大洋就直接溜号。

呆板，固执，保守，文弱，这是陈奇留给李四的第一印象，现在又多了不通世故和天真。这样的人，是怎么在这个魑魅魍魉横行的世界活下来的？这简直是一个奇迹。

陈奇回到书房，拉开书桌一个抽屉，数了十块大洋，一回身，差点被李四毛茸茸的胡子戳到脸，吓得他直向后退，腰部却撞上了书桌。

"李……李四先生，你靠近时能不能提醒一声？"陈奇小心翼翼地提议，"我不想天天在自己家中受惊吓。"

李四摸了摸胡子："你说了算，老板。"使劲跺了一下脚，皮鞋跟敲在地板上，发出"砰"的一声巨响。

陈奇惊得一哆嗦，手一松，大洋全掉了下来。

李四迅速地一弯腰，顺手一抄，手臂划了个弧线，将所有的大洋接住，大洋撞击时发出一连串"叮当"声，煞是悦耳动听。

陈奇张口结舌地看着李四耍花一样的动作表演，隐隐觉得自己似乎惹上了一个大麻烦。更令他头痛的是，明知是个麻烦，还不知道怎么退货。

"李四先生，希望你能换一身合体的衣服，顺便把原先的衣服给失主送回去。"

李四有点惊奇："你怎么知道衣服不是我的？"

"很明显，鞋子太小了。"

李四低头看看被皮鞋挤得鼓在一块的脚背，愉快地笑了："观察很细致，不过，衣服是人家送给我的。"虽然是被枪顶着脑袋。

陈奇显然不相信李四的说辞，但也不打算追根究底，目光落在桌面摊放的报纸上。

　　李四目力精准，一眼就看见了其中一张报纸上圈出来的讣告：知名教授姜育林因病去世，民国十九年十月初二下午三时于卢家湾公墓举办葬礼，请亲友自行前往哭奠。

　　陈奇闭上眼睛，忍住一阵眩晕，至今，他仍然不敢相信，育林，他最敬爱的老师和兄长，已经永远离开了。

　　"老板，这就是你雇我当保镖的原因？"

　　陈奇睁开眼，李四手指着另外一张报纸角落处刊登的一桩不起眼的谋杀案，一脸严肃地问。

　　"洪探长没有告诉你原因？"

　　李四耸耸肩："这老狐狸让我自己去查。"

　　陈奇会心一笑，这摆明是洪一枫的一种测试，他需要的不只是保镖，更是一个脑筋灵活的助手，一个在考古探险方面能够发挥作用的有用人才。

　　李四皱了皱眉："我猜老板你也不会告诉我实情了？"

　　"我尊重洪探长的决定。"

　　李四磨了磨牙，这个平淡无奇的大学教授身上，肯定隐藏着什么重大秘密，以至于招来杀身之祸。可详细的情况，洪一枫这老狐狸却不肯多说，只是让自己去查找。

　　他拿着大洋离开了小别墅，七拐八绕，专走小弄堂，最后，在一家破旧的理发店门口停了下来。店门上方挂着一块歪歪扭扭的木牌，写着"吉祥理发店"。

理发师傅是一个精瘦的中年汉子，细眉小眼，因为生意寥寥，坐在门边的椅子上，晒着太阳打盹。

李四大步跨进理发店，顺便一巴掌拍在理发师傅的脑袋上："吉祥，生意来了！"

吉祥差点被李四拍到地上去，捂着脑袋嚷："是谁？"一回头，看见李四，顿时苦了脸，"又是你！"

李四早已一屁股坐上理发椅："就是我。来来，理发修面，爷要重新出山了。"

"爷你个屁！回回当我仆人一样指使，我欠你啊？"吉祥嘟囔着抱怨，把白布系在李四的脖子上，亮出剃刀，"真想一刀割了你的喉咙。"

李四瞥了他一眼："不怕死就试试。"

吉祥深知他的身手，赶紧谄媚地笑："行行，我服了您老还不成？"拿起剃刀梳子，小心地替李四理发。

李四闭上眼睛："你知道一个叫陈奇的教授吗？"

吉祥"嗤"的一声笑："你看我这么一个理发的苦力，跟大学教授能扯得上？"

"别跟我打哈哈，我看了最近的报纸，不到一个月，死了三个大学教授，你会一点消息没有？"李四睁开眼，盯着镜子里的吉祥，"还是说，你真准备转行当理发师傅了？"

吉祥一抬眼，看见镜中李四凌厉的目光，叹了口气："老弟，我是为你好，别蹚这浑水。"

"已经蹚进去了，现在我是陈奇的保镖。"

"什么？"吉祥一声怪叫，"谁跟你有仇，给你找这么个要命的差事？"

"除了洪一枫那王八蛋，还能有谁？"李四磨牙，"不过看在他把我从号子里捞出来的分上，只能忍了。"

"那就难怪了，遇到吃人不吐骨头的洪大探长，你只好自认倒霉。"吉祥眼珠骨碌碌转了几圈，压低声音，"你知道陈奇是考古学教授吧？"

"嗯，洪一枫介绍过，震旦大学的考古系教授。"

"那你知道死的那三个教授全是考古的吗？"

李四一惊，身体震了震，吉祥赶紧举高剃刀，才免于在李四脑袋上开血口。

"这么说，他们是同行？"

吉祥"啪"地拍了李四脑袋一下："别动，开了口子怪谁呀？"弯下腰仔细用剃刀刮李四颈后的细发，"听说，他们都是全国几个大学知名的教授，前些年组成了一个考古小组，跑了很多地方。五年前，突然有一个教授下落不明，剩下的四个人就回了大学，谁会想到今年突然陆续死掉。有人说，他们受到了诅咒。"

李四冷笑："这么无聊的传言也有人相信？这不是什么诅咒，分明是连环谋杀，我猜，这几个教授不幸在考古中找到了什么宝藏，才引来了杀身之祸吧。"

"不是。"吉祥顿了顿，"你听说过血月亮吗？"

李四一愣，脸色微变。

前几年，上海滩流行一个传说，古董市面上出现了一枚鸡血红的玛瑙圆璧，号称血月亮，谁若能得到它，谁就能得到无数财富。然而，谁也没有真正见过这枚血月亮，因为见过血月亮的人没有一个能活下来。

"那个传说被血染红的玛瑙玉璧？"

"对，被诅咒的血月亮，听说最后那几个教授得到了，拿去研究，结果……"吉祥喉咙发紧，下面的话没说下去，放平座椅，低头认真给李四修面。

李四也没说话，眯着眼睛不知在想些什么。蓬乱的胡子慢慢从他的两腮和下巴处剃掉，露出原来英俊刚硬的面孔，看上去只有二十五六岁的样子。

"行了。"吉祥松了口气，伺候这个家伙真不是件好差事，前一秒能笑得像天使，后一秒就变脸露出恶魔本质，谁招惹谁倒霉。

李四慢吞吞地站起来，从怀中摸出一张纸，丢给吉祥。

"帮我准备这些东西。"

"我不收理发费就够吃亏了，你还管我要东西？"吉祥愤愤地嘀咕，扫了一眼纸条，惊吓地叫起来，"什么？两把勃朗宁，子弹若干，匕首一把，小飞刀一包，迷药，止血药……"

他气急败坏地从一长串名称中看到最后一样："还要租一辆出租车？混蛋，你到底准备干啥？"

"瞎吵吵什么，我又不是不给钱。"李四摸出十个大洋，丢给吉祥，"拿着。"

"十个大洋？能做什么？这些东西要准备齐了，非五十个大洋不办，你当我是开慈善堂的？"吉祥狠狠地将纸条拍在桌上，"没门！"

"我现在只有这么多，等我赚了钱再补给你。"

"一手交钱，一手交货，没钱别想。"吉祥向来对钱财看得极紧，哪肯白白大出血。

李四双手互相握握，骨节发出叭叭的响声："别敬酒不吃吃罚酒，你还欠我一条命呐。"

"要钱没有，要命一条。"吉祥气哼哼地瞪着李四。

李四忽然咧嘴一笑，凑近了吉祥："想要你命的人可不少，我要是去放个话，说'花蝙蝠'……"

话还没说完，吉祥立刻惊恐万状："别，别，我答应，我全答应，还不行吗？你这个吃人不吐骨头的混蛋！"

李四摸摸他的脑袋："你这颗脑袋值钱得很，别说是我条子上的这点东西，黄金万两都能换。好好珍惜吧，丢了怪可惜的。"

吉祥一把打开李四的手："滚！"

回来的时候夜已深了，别墅一片黑暗。李四没有钥匙，但不妨碍他翻过围墙，顺便察看了一下四周，将可能出现漏洞的地方记在心里，以便将来修补。

虽然他只是一个临时的保镖，但是积累良好的口碑是必需的，将来可以凭此找到不错的下家。

此时满天星斗，月明如镜，空气中飘浮着桂花的甜香，各种秋虫不停地悲鸣，越发显得周围格外寂静。

李四眼珠一转，不对，太安静了。按吉祥所说，既然上海滩有那么多人觊觎着传说中的血月亮，陈奇的住处岂会这样平静无波？

他巡视了一圈，果然发现有几拨人在监视，谁也不会轻举妄动，却也不允许别人先动手，互相牵制形成僵持局面。

李四冷笑两声，忽然玩心大起，捡了几块石头，跳上围墙，瞄准其中一个盯梢的，猛地掷出。

黑暗中只听"哎哟"一声，跟着稀里哗啦、扑通等一连串声响，再然后便是骂声不绝。

李四咧嘴一笑，作势又要扬手，其余几个盯梢的赶紧从藏身处飞速跑开，速度比兔子还快。

李四调戏了一番众人，心情大好，跳下围墙，拍拍身上的灰，迈开长腿，轻巧地走进别墅，活像一只狸猫。

虽然没开灯，但李四受过训练，能够暗中视物，直接走进门厅旁的小房间，突然看见黑影晃动，一翻腕拔出匕首，顶上了对方的脑门。

"啊……"一声颤抖的惊呼，紧接着人就向后倒去。

李四眼疾手快，一把拎住对方的衣领，将他往床上一放，百忙中还不忘回身一拉灯线，小房间中骤然充满光亮。

"老板，半夜三更，你在我房间里干什么？"李四收起
匕首，看着浑身发抖的陈奇，"灯也不开，万一我手快，一
刀宰了你，我上哪儿喊冤去？"

"我……突然想起来忘了给你送铺盖……"陈奇穿着
一套蓝色的睡衣，眼睛被灯光刺得眯了起来，褪去了教授
的严肃认真，此时显得特别无辜纯良。

他眨了眨眼，惊异地看着眼前的大个子，剃去了一脸
的胡须，保镖先生居然十分英俊，五官轮廓分明，就像雕
刻出来的一样。要不是事先听见声音，他根本认不出来眼
前的李四和那个乞丐是同一个人。

李四看了看小床上堆着的被褥，想象着矮个子的教授
双手抱着比他整个人还臃肿的棉被，摇摇摆摆走进房间，
腾不出手来开灯，直接连人带被扑倒在床上，忍不住笑出
了声。

陈奇回过神来，恼羞成怒："李四先生，在我家里，请
不要随意使用武器！"

李四举手投降："好好，你说了算。老板，要不喝杯酒
压压惊？"从口袋里掏出酒瓶子晃了晃。

"工作期间请勿饮酒！"陈奇气冲冲地说，转身就走。

李四瞥了一眼床上的花被子："老板，你确定这些被子
不是给娘姨用的？"

门外的陈奇晃了一下，差点绊倒在楼梯上："我今天只
找到这些，将就着用吧，明天重买。"

李四望着陈奇上了楼，不禁微微一笑，随手抖了抖花被子，老板看来想得很周到，送来一套崭新的被褥，虽然它有可能属于哪个前女佣的。

这已经比从前好太多了，那些潮湿阴暗的牢房，满地爬窜的老鼠，连麻袋片都是珍稀品，更不用说掺着沙子味道酸臭的牢饭……

李四灌了两口酒，靠在床上，想把那些黑暗的记忆从脑海中驱除。

火光，凝固的血，死不瞑目的扭曲面容，腐臭的气味，惨烈的号叫……

李四悚然惊醒，看来依赖酒精入睡已经越来越困难了……

他转头看向院中，夜，依旧宁静美好。

上海的清秋，有几分寂寥和淡淡的哀愁，薄云轻雾，飘着零星的小雨。

陈奇穿着手工定制的黑色三件套西装，拿着一束白色的菊花——那是他一个小时前刚刚从盆栽中精心剪下来的。

他看了看腕上的劳力士手表，转头对李四说："时间差不多到了，叫了出租车吗？"

李四也换了一身黑色西装，档次自然比陈奇低了不少，但也衬托得他高大英武，完全不复先前的叫花子形象，真应了"人靠衣装"那句俗语。

"已经叫了，车在外面等着。"李四边说边给陈奇拉开客厅的门。

陈奇走出去，清冷的雨滴落在脸上，好像他此时的心情。

李四回身拿了一把雨伞，称职地撑在老板头顶，目不斜视，努力争当完美保镖。

"谢谢。"陈奇低声说，抱着花向大门走去。在伤痛之时，身边多了一个人，尽管相识不久，却也有几分安心的感觉，不复那种空荡孤寂的悲凉。

门外的出租车锃亮崭新，显然用心擦过，司机瘦小的身体裹在明显宽大一倍的制服里，有点像猴子一样缩头缩脑，比较可笑。

李四撇了撇嘴，吉祥显然对这趟差事有怨气，不够用心，只是当着陈奇的面不好多说，狠狠瞪了他一眼，拉开车门，等陈奇上车后，自己坐进副驾驶的位置，做了个"以后算账"的口型，然后说："开车。"

吉祥怨愤地翻了个白眼，心不甘情不愿地发动汽车，向公墓驶去。

李四看了一眼后座的陈奇，见他没注意，便从座位下面掏出一个包，将包里的枪以及各种备用物藏在身上，对吉祥肉痛的表情视而不见。

汽车很快驶到了卢家湾公墓，陈奇下了车，深深吸了几口气，稳住自己，慢慢走过去，加入参加葬礼的人群中。

陈奇紧抿着嘴唇，默默看着棺木缓缓沉入墓穴，昔日挚友即将永别，他咬了咬牙，将手中的白菊花扔在棺木上。

　　旁边的姜夫人以及子女全部哭了起来，虽然不是撕心裂肺，却格外凄凉沉痛。失去了家中的顶梁柱，家庭登时从小康变成困顿，还有子女要抚养，念及此，姜夫人哭得更加悲伤。

　　陈奇走到姜夫人身旁："嫂夫人，请节哀顺变，我会替育林兄照顾你和世侄的。"

　　姜夫人抬起红肿的眼睛，似信非信，可是看着陈奇坚定的目光，不由自主地点点头："谢谢。"

　　李四忽然上前握住了陈奇的手臂："该走了。"

　　陈奇刚想反对，李四目光向左右一扫，陈奇顺着他的目光看过去，墓地周围不知何时突然多了七八个孔武有力的大汉，三三两两，有意无意向这边靠近。个个目露凶光，显然来者不善。

　　李四若无其事地穿过人群向外走，陈奇被他拖得跌跌撞撞，完全跟不上他的大步。但现在不是抱怨的时候，那些人已经发现李四想撤走的意图，加快脚步包抄过来。

　　李四手伸进腰间，刚要拔枪，陈奇突然挡住了他的手腕。

　　"李四先生，别在这里开枪。"他回头看了一眼围着墓地的人群，"我不想无辜的人受到牵累。"

　　"读书人就是麻烦！"李四不耐烦地嘀咕，抓着陈奇的胳膊走得更快。

这么一耽误，李四与陈奇很快陷入四面围堵之中，对方两人一组，迅速地靠近。

"老板，看样子人家想抓活的。"李四耸耸肩，"一对九，我可没把握能赢。"

陈奇先前十分惊慌，现在反而镇定下来："李先生，打不过就不要硬拼了，他们要抓的人是我，不是你，我尽量让他们放了你。"

"我在你眼里这么不靠谱？"李四笑了起来。

说话之间，打手们已经将两人包围，人人手插在怀里，显然都握着枪，准备随时拔枪射击。

领头的是一个麻脸大汉，上下打量了陈奇一眼："是陈奇教授？"

陈奇挺直腰背："我是。"

"我家老板有请，车子已经备好了，请吧。"

"我去可以，你们不能伤人，还有，放了我的……仆人。"陈奇本想说"保镖"，又怕这些人疑心，于是改口。

"嘿，老板，你这是想辞退我吗？你还欠我一半薪水，十个大洋，不给我不走。"

陈奇看着李四极其认真的脸，一时搞不清他的话是真是假，讷讷地不知怎么回答。

麻脸也是一愣："少啰唆，一起带走！"

李四满不在乎地被推着向外走，也许是因为他高大的身形，打手们反而重点看住了他，至于文弱的陈奇，只有麻脸和另外一个人押着。

秋天的墓园，静悄悄的，远处偶尔传来几声幽幽的哭泣声，若有若无，随风飘散。

墓园门口停着一辆出租车和一辆黑色道奇，两个司机都站在车外，居然聊得热火朝天。看见这一群人出来，道奇司机丢了烟卷，赶紧拉开车门钻进去发动汽车。

"有需要坐出租车的吗？"瘦小的出租车司机脸上堆满谄媚的笑容，跑过来拉生意，"最新款的雪佛莱，又舒服又干净，回程生意打折了，一人只收一元。"

陈奇发现这是自己的出租车司机，心中一愣，他向来谨慎，并未开口，而是看向李四。

李四仍然一副满不在乎的样子，嘴角却掠过一丝笑意，陈奇不解其意，于是沉住气，先静观其变。

由于抓捕十分顺利，打手们也就放松了警戒，听说坐出租车只收一元钱，都来了兴趣。上海出租车一向不便宜，以小时论价，每小时至少三元，现在有便宜车可坐，自然比走回去要舒服得多。

打手们一起看着麻脸，麻脸想了想："你们两个随我押人先走，剩下的人坐出租吧。"

说话之间，吉祥已经走到人群中间："我数下人头啊。"一边嘀咕一边在人群中挤来挤去，"我的车够坐五个人，来吧。"回身向出租车走去。

麻脸发现李四死死地盯着吉祥，不耐烦地推了他一把：
"看什么看！快走。"

话音未落，只听噼里啪啦一阵响，从吉祥身上掉落一
堆东西，散了一地。

"我的枪!"一名打手惊叫起来。

说时迟那时快，李四猛然跃起，肘击，拳打，脚踢，
刹那间放倒了四五个打手。其他的人赶紧掏枪，这才发现
不知何时枪已经不翼而飞。

吉祥慌慌张张蹲下身捡枪，麻脸反应极快，不去对付
李四，奔过来就要夺枪。李四一个滑步跃来，一脚踢翻了
麻脸，顺势拔出双枪，"砰砰砰"三枪，放倒了另外三个
打手。

陈奇这才如梦初醒，绕开躺了一地的打手，一溜小跑
过来。李四百忙之中居然为他拉开了车门，待他上车之后，
转身帮吉祥捡起剩下的枪，大骂："你这个半吊子的三只
手，老子迟早要给你害死！"

吉祥一边钻进出租车一边回骂："嫌我不行你找别人
去，老子倒贴本钱帮你救人，你就烧高香吧。"

在两人的对骂声中，吉祥发动出租车，"嗖"地蹿出
去，李四险些没来得及上车。

"别瞎嚷嚷了，这几把枪归你，拿去黑市能卖个好价
钱，算我补偿你。"李四一边把好枪塞进自己怀里，一边把
挑剩下的枪扔给吉祥。

"这几把破烂货，屁钱不值，好的拿来。"吉祥哪肯吃亏。

"别贪心不足，有得拿就不错了，还轮得着你挑三拣四？"李四也不是吃亏的主儿。

"你们……能不能不……不吵了？"颤抖的声音从后座传来，"后面有车追上来了。"

李四回头一看，陈奇脸色发白，恐惧地看着自己手里的枪，浑身直哆嗦。

"你怕枪？"李四晃了晃手里的枪，满意地发现老板吓得几乎要缩进座位里。

"老板，你最好把耳朵堵起来。"李四挑了两把驳壳枪，掂掂分量，"这枪的声音有点吵。"

李四摇下车窗，突然从车窗中探身出去，双手持枪，"砰砰砰"连放数枪。后面追赶的道奇车前胎中枪，顿时失去了控制，车轮发出刺耳的尖叫，歪歪扭扭在道路上蛇行，最终一头撞上路边的梧桐树，喷出一堆白色的蒸汽。

李四重新坐回座位，满意地掂掂手里的枪："德国原装货，手感就是好。"

吉祥一边开车一边向后视镜里看："喂，别得意过头，你老板要吓瘫了。"

李四再回头，陈奇还维持着捂耳的动作，神情呆滞，两眼无神。

"完事了，可以放手了。"李四好心地伸手过去，把老板已经僵硬的手臂拉下来。

陈奇依然一副受惊过度的模样，眼睛不知看向哪里，一动不动地呆坐着。

"吓傻了？"吉祥也回头看了一眼。

"不准这么说我老板，我还想多拿几天薪水。"李四翻了个白眼，尽量放缓语气，"嘿，老板，你安全了，有我在，什么都不用担心。"

陈奇终于有了反应，抬眼看了看李四，紧接着，陷入更深的忧郁之中。

出租车送两人回到小别墅，便开走了。

陈奇好像还没从噩梦中醒过来，恍恍惚惚，似梦游一样地走进小别墅，看见院中摆放的错落有致的菊花盆栽，眼中才闪现出一点活气。

李四耐心地跟在老板的后面，并没有去打扰，毕竟老板平生第一次目睹枪战，受刺激太大，总要给点时间让他缓缓不是？

"呼——"脑后忽然传来破空的风声，李四敏捷地向旁边一跳，回手拔枪，对准了偷袭者。

然后一声尖叫响彻云霄。

陈奇被吓得一哆嗦，终于回过神来，急急上前拦住："林妈，别动手，自己人。"

林妈仍然高举着拖把，一脸警惕地看着李四："先生，他拿着枪，不是好人。"

"他是我请来的保镖，你没见过。"陈奇忽然想起了什么，"咦，我不是让你去看守乡下别墅吗？你怎么又回来了？"

林妈放下拖把："先生，我去了，可是回头一想，谁给先生煮饭洗衣打扫房间？家里要乱套的。"

"最近不太平，你留在这儿有危险。"

林妈脖子一梗："我老命一条，啥也不怕，让这些小瘪三打死我这老太婆好了。"眼睛斜睨着李四。

李四哭笑不得地看着这位霸气十足的五旬老妈子："在下李四，以后要在这里长住，林妈多包涵。"嘴角一挑，露出一个自以为迷人的笑容。

谁知林妈对李四英俊的帅脸毫无反应，满脸鄙弃地瞪了他一眼："一双桃花眼乱飞，看着就不像好东西，对先生忠心也罢了，要是没安好心，哼！"

虽然林妈身材不高，且略显肥胖，模样也平常，可一双眼睛极为犀利，狠狠瞪着李四，倒让李四心里一紧。

陈奇赶紧和稀泥："好了好了，今天李四先生还救了我一命。林妈，你去老昌顺订几个菜，烫一壶花雕酒，我要和李四先生喝一杯。"

"还是我给先生做几个菜吧，最近我不在家，先生过得不如意，你看都瘦了不少。"林妈一脸的痛心。

"不不不，林妈，你今天回来辛苦，又没空上街买菜，还是订菜吧。"陈奇语速极快，生怕说慢了就会反悔一样。

"好，好，我马上去。"林妈兴致勃勃地转身出门。

李四看着林妈走远，眨了眨眼睛："我怎么觉得老板你很怕林妈做菜似的。"

"我建议你不要尝试林妈的手艺，虽然她爽利能干，精通家务，但做菜绝对不是她的强项，你不会想吃一道酸甜苦辣咸五味俱全的香干炒肉丝。"

光幻想一下味道，李四就打了个冷战，心里默默将林妈的厨艺列为禁忌之一。

不到一个小时，林妈已经从老昌顺回来，在餐厅摆了桌，烫了酒。因为是在家里，陈奇和李四也没什么拘束，对坐着喝了起来。

几杯酒下肚，陈奇苍白的脸慢慢变得红润，前番受的惊吓从脑海中淡去，迟钝的大脑开始转动，也使他有足够的精神去观察新来的保镖。

无疑李四是受各类女人欢迎的那种男人，英俊高大，擅长调情和调笑。恰如林妈所言，他有一双桃花眼，深情款款看女人时，魅力十足。但是，陈奇并没有忽略他眼底的阴郁绝望与狠戾，仿佛是一把藏在丝绸里的尖刀。

这是一个有故事的人。

"今天多亏李先生，救命之恩，永不敢忘。"陈奇举杯敬酒。

李四咧嘴一笑："老板，你雇我当保镖就是用来救命的，今天总算对得起我的薪水。"他举杯碰碰陈奇的酒杯，一饮而尽。

陈奇沉吟了一下："你知道那些人的来历吗？"

"你想追查幕后主使？"李四敏锐地察觉了陈奇的用意。

陈奇抿了一口酒，放下酒杯："我不想总是被动地等待，今天是绑架，明天也许就是暗杀。在达到我的目标之前，我还不能死。"

李四注视着陈奇："我想，就算我问，你也不会回答那些人绑架你的目的。"

陈奇垂下眼帘："知道得越少，存活的机会越大。抱歉，李先生，我不是故意隐瞒你，但是目前的情况下，你最好不要知道得太多。"

"我该感谢老板你的周到细心？"李四也不生气，"不过我可以告诉你，今天绑架你的人，是青斧帮的。"

"你怎么知道的？"

"他们的衣角用金线绣了个小斧头，有点招摇。"李四不屑地撇嘴。

陈奇无意识地用手指敲着桌面："那么，我想，彬彬有礼地上门一趟，或许会有帮助？"

李四差点一口酒喷出来："对，彬彬有礼地打上门，捉住青斧帮老大逼问幕后真凶，哈哈哈哈……"

陈奇不悦地看了李四一眼："我并没有动粗的意思。"

李四抹去笑出来的眼泪："大教授，你告诉我，怎么才能让人家说出你想要的信息？"

"我会尽量劝说他。"

李四亮出手枪，飞快地在手上耍了几圈："我这个铁家伙才能劝说得动吧。"

陈奇哆嗦了一下："李先生，我希望你尽量不要随便拿出武器威吓别人。"

"没有枪，我怎么保护你？难道你希望我赤手空拳挡子弹？"李四笑得极为欠揍。

陈奇噎住了，半天才说："那……请尽量不要在我面前玩枪……"

李四漫不经心地擦了擦枪身的灰尘："遵命，老板。""嗖"地手一翻，枪已不见了踪影。

"我觉得你可以去表演魔术。"陈奇忍不住扬眉。

"老板，你真是目光如炬，十多年前我真的表演过魔术。"李四得意扬扬。

陈奇对李四幼稚的兴奋不予理睬，自顾自吃着松鼠鳜鱼。

"老板，我能问一个问题吗？"李四忽然凑近，眼睛闪闪发亮，"绑架案是不是跟传说中的血月亮有关？"

"咣当"，陈奇的筷子掉在地上。

"喂，老板，我只是问一声，你不想回答可以不说，不用这么一副惊吓过度的模样吧？"李四被陈奇突然僵硬的表情吓住了。

"谁告诉你血月亮的事？"陈奇的声音颤抖得厉害。

李四心中也有点发毛："听……道上的朋友说的。"

陈奇猛地站起："不对，不应该……"他原地转了两圈，"李四先生，带我去青斧帮，现在，立刻，马上！"

一般人面对这种奇怪的命令一定会追问，但李四偏偏不是寻常人，二话不说，立刻带着陈奇出门。

临时叫出租车显然已经来不及，李四不耐烦地走到路中间，"砰砰"朝天放了两枪，逼停了一辆出租车，将司机与乘客全部赶下去，开车带着陈奇驶向青斧帮。

夜上海光怪陆离的霓虹灯发出五彩斑斓的光线，如流水般从车窗上划过，映出陈奇极其惊恐的脸。

出租车风驰电掣般驶到福熙路的一个茶叶铺外，李四停了车，与陈奇一起下车，走进铺子里。

茶叶铺开着电灯，却不见伙计。李四叫了两声，仍然不见有人，只有电灯明暗不定，发出滋滋的电流声。

李四觉得不妙，拔出双枪，走进柜台，巡视了一下，不见异状，更觉诡异。

陈奇僵立在铺子门口，浑身冷汗，惊惧的目光不知看向哪里，僵硬得像石头人。

"奇怪，这是青斧帮的老巢，平时门口也要站上三四个人，今天守卫这么松懈，都赶去喝喜酒了？"李四竭力用轻松的语气说话，想冲淡这过于奇诡的感觉。

突然，陈奇只觉得一阵风刮来，忍不住惊跳了一下。

李四立刻抢上来，挡在他身前。

"嗷"的一声厉叫，一只猫从柜子上窜下来，从门口逃了出去。

"小畜生，这个时候吓人。"李四松了口气，"到后面看看，青斧帮的王老大脾气不太好，你跟着我，尽量别开口，我来跟他打交道。"

陈奇看了李四一眼，什么也没说，急急向侧门走去。

侧门后面是逼仄的通道，挂着一盏半死不活的灯，晦暗不明地照着通道。转过一道弯，就看见尽头站着两个守卫，仿佛泥塑木雕一样，面对面一动不动地背手而立。

"喂，兄弟，就说鸽子李四前来拜见王帮主。"李四大步走过去，不等那两人有所动作就直接进了后厅。

后厅里灯火通明，几十号人聚在一起，正在开酒席，摆了八桌，热气腾腾，饭菜飘香。有人正在敬酒，有人举杯欲饮，有人正在点烟，有人还在上菜，这热闹的场面，与平常宴席并无任何区别。

陈奇和李四看着眼前的场面，只觉得汗毛倒竖，遍体冰凉。

因为从他们进来到现在，竟没有一个人动过，所有的人仿佛中了定身法，在时间中定格成一幅画。

李四想喊，可是声音却卡在喉咙里，怎么也出不来。

他猛回身，用力一推站在通道口的守卫，对方应手而倒。

李四急忙蹲下身，想摸守卫的脉搏，手臂却让陈奇拉住了。

"别碰，李四先生，我想，他们应该都死了。"

第二章

如此诡异的情形，仿佛陷入一场噩梦，拼命挣扎，却怎么也摆脱不了。

饶是李四久经江湖，见过无数奇景异事，此时也惊得毛骨悚然，五十多条人命无声无息瞬间消失，这是怎么做到的？

"别碰他们的皮肤。"陈奇用力拉起李四，"你留在这儿守着门，我看看其他人。"

陈奇小心地避免碰触到尸体，开始仔细地检查。

李四怎么也想不通，世间竟有这么矛盾的人，前一分钟还胆小害怕，战战兢兢，像只刚出洞的兔子，可是真正面对大事，却出奇地镇定，瞬间成为讲台上从容挥洒的教授，以极为科学严谨的专业态度检查着现场。

他倚在门边，饶有兴致地看着陈奇忙碌，忽然提醒："老板，在这种情况下，我觉得应该报警。"

陈奇已经走到主桌边，站在帮主身后扫视全场："报警并不是一个好主意，最好暗中通知洪探长，让他派专业人员来处理这些尸体。"

"你是暗指这些尸体有毒，或是……"李四意识到什么，不由自主地站直了身体。

"对，传染性。"陈奇绕着主桌转了一圈，盯着帮主身边的空位，"我猜这位帮主宴请了一位贵客，但是不幸这位贵客给他们带来的礼物是死神。"

"也许他就是你要找的幕后主使，可惜，现在已经没有人能回答你的问题了。"李四看着这噩梦一般的场景，"难道这真是血月亮的诅咒？"

陈奇不置可否，检查完之后，快步走回门口："也许还有一位朋友可以告诉我们真相。"

"谁？这儿已经没活的了。"李四有点奇怪。

"那只猫！"

李四愣了愣："老板，你没开玩笑吧？大夜里，你让我去捉猫？"

"它是现场唯一的证人，必须要找到它。"陈奇一本正经。

李四差点没挠墙："证人？它会说话么？它会指认凶手？老板，我没念过书没学问，你别当我是傻瓜好骗。"

陈奇瞪了李四一眼，抿着嘴不说话，自顾自跑到茶叶铺外面去找猫。李四无奈，只好也出来，跟着陈奇高一声低一声学猫叫，心里祈祷这时千万不要遇上江湖兄弟，要不然半世英名可就毁了。

过了一会儿，猫咪圆圆的绿眼睛出现在弄堂的一丛乱草后，警惕地看着两个乱叫的人类。

"来，小猫，我需要你。"陈奇说着，嘴里发出"咪呜咪呜"的声音。小猫听了，竟然真的走过来，伸出粉红的舌头舔舔陈奇的手，任由陈奇将它抱起。

"嘿，老板，我不知道你还懂得猫语。"李四觉得很神奇。

"如果你从小就养猫养狗，你也会知道它们叫声的含义。"

李四耸耸肩膀："对我而言，野外遇到狗，那就意味着一顿大餐。"

陈奇瞪着李四，不由自主地抱紧了小猫。

"老板，不是每个人都像你那样有钱，我也有身无分文，差点饿死在灾区的经历，那个时候，别说是狗，人都吃人了……"

"求求你，别说了……"陈奇低头快步向出租车走去。

李四心里叹了口气，看来老板当真是在蜜罐里泡大的，出身富裕，大学教书，不食人间烟火，不知世间苦难啊。

李四开着出租车先送陈奇回小别墅，再开去巡捕房找洪一枫，说明案情，顺便将出租车交给他，然后坐电车返回小别墅。

夜已深了，陈奇的书房还亮着灯，李四不假思索，直接推门进来。

"喵……"小猫柔软地叫了一声，抖了抖皮毛。李四这才发现，小猫长得与其他猫不太相同，全身的毛闪着黄金一样的光泽，如丝绸般光滑密实，分布着像猎豹一样的黑色圆形斑纹，活像一只小豹子。

"这是猫还是豹子？"李四好奇地看着东挠西抓的小猫。

"这是一种豹猫，一般又叫山猫，属于脊索动物门哺乳纲猫科动物，体形大致与家猫相仿。南方的豹猫为黄色，体型匀称，捕食能力极强……"

李四赶忙打断陈奇滔滔不绝的介绍："原来是山猫子，这玩意儿野性大，能家养？"

陈奇推了推眼镜："我猜它应该是豹猫和家猫交配产生的后代，很特别，是个迷人的小东西。"

"那么，它招供了什么？"李四开玩笑地问。

陈奇一下子沉默下来，伸手抚摸着小猫光滑的皮毛。小猫舒服地蹭着他的手，软软地喵喵叫。

"不知洪探长对案情有什么想法？"陈奇明显是在转移话题。

李四两手一摊："他能有什么想法，估计这会刚到现场。不过，对于死亡五十多人的大案，他一点不吃惊，好像早就预料到了似的。"

陈奇推开窗户，望着深蓝的天空，惨白的月亮像一只独眼，冷冷地睥睨着大地。

"李四先生，你喜欢探险吗？"

"嗯？"李四明显没反应过来，"什么叫探险？就是明知有麻烦的地方，还偏要去闯闯？"

陈奇被他逗笑了："这么说也对。"

"这跟血月亮有关？"李四看着陈奇变幻的脸色，"作为保镖，至少得知道自己将要面对什么样的危险，也好及时预防，免得丢了性命。"

陈奇沉默片刻："那么，你就当血月亮的诅咒是真的，为了阻止更多的人被它杀死，我必须找到血月亮诅咒的源头。"

陈奇虽然给李四签了一张一千大洋的支票，可是看着院子里停的崭新的雪佛莱轿车，还是忍不住扶额。

"李四先生，我并不是想让你把这张支票全花完的。"

李四摸着雪佛莱，爱不释手："可这是今年的新款，广告说机力强大，外观雄壮，名不虚传，能坐六个人，载重量一点五吨，你探险考古的东西全能装进去，才八百个大洋。原车主犯了事儿，急着卖车还债，我只花了原价的零头就买到手了。剩下的钱，我买了两箱卤牛肉罐头、两箱鸡肉罐头、两箱熏鱼罐头，其他罐头包括蘑菇、青豆、水果、饼干等等，还有帐篷、睡袋、手电筒、汽油、德国造的汽油灯、汽油炉、铝饭盒、军用水壶、医药箱……"

陈奇张大了嘴巴："我不知道李四先生这么能花钱。"

"顺便我还做了几身衣服，这件呢大衣怎么样?"李四抖了抖新上身的黑色毛料大衣，"在洋行订购的夹克和皮靴过两天到，保您满意。"

陈奇已经不打算说什么了，林妈目瞪口呆之余，刚想开口，李四及时塞给她几包布:"我买衣服的时候，店里买一送一，送我几包布，都是呢绒、绸缎之类的花布料，我一个大男人也用不上，您正好拿去裁几件时髦的旗袍，过年穿。"

于是皆大欢喜。

这几天陈奇一直用各种仪器对小猫进行测试，记录下一串串李四看不懂的数据。虽然老板什么也没说，但李四从他日益紧锁的眉头和忧郁的眼神中，也知道了事情的严重性。但是老板不肯开口，李四也没法追问，毕竟他只是一个保镖而已。

不过，有一个人还是可以问的，而且，无可推托。

这是霞飞路一家俄式酒吧，木式结构装潢，风格原始而粗犷，服务员一律是金发碧眼的俄罗斯人，美艳的俄罗斯少女穿着短裙托着木盘在客人们中间穿梭，说着不太熟练的上海话，与客人们暧昧地调情。老式的留声机放着一首舒伯特的小夜曲，与旖旎靡醉的气氛有几分违和。

李四满意地喝了一口杯中的酒，威士忌的味道呛烈，他并不喜欢，但是酒吧只供洋酒，没有多少可选择的余地。

匆匆赶来的洪一枫一屁股坐在李四的身边，要了一杯白兰地，一口气干完，喘了口气："这两天我忙得像鬼，没事别找我。"

李四笑了笑："案子处理得怎么样？"

洪一枫愤愤地将酒杯顿在桌上："别跟我提这个，根本查不出死因，法医检查了很久，没查出任何问题，好像这群人的心脏突然全部停跳，我怎么写报告？还有那群该死的记者，一个个像闻到血腥味的苍蝇，无孔不入，这么轰动的大案他们怎会放过？天天想尽办法挖料，快把我逼疯了。"

"尸体是不是有毒，或是有传染性？"

"这个我不清楚，不过根据陈教授的交代，现场的尸体都采取了隔离措施，但事后法医还是检查不出什么问题。"

李四手指无意识地敲着桌面："这么说，死亡一定时间之后，尸体皮肤上残留的物质就消失了。"

洪一枫眼中精光一闪："聪明。"

"聪明的是我老板，明明不在你的辖区，却让我秘密向你报警，而且并没有什么特别的嘱咐，说明洪探长你处理这种案件不止一次。"

洪一枫笑了："不错。"他左右看了看，凑近李四的耳边，"因为姜育林教授的遗体也是我处理的。"

李四一惊："这么说，姜教授是被同样的手法谋杀的？"

洪一枫敲敲桌面："来一打啤酒。"

一个妖艳的俄罗斯少女送上啤酒，嘟起鲜红的嘴唇做了个飞吻，眼巴巴地等着小费。洪一枫装作没看见，拿起啤酒就喝。

李四顺手从口袋里摸出几个铜圆，扔进少女的木盘里，少女欢欢喜喜地走了。

"跟了有钱人，出手也大方了。"洪一枫讽刺。

"你怎么不说我向来怜香惜玉呢？"李四拿起啤酒瓶和洪一枫对碰了一下，"看来你介绍的这差事并不轻松啊。"

洪一枫笑而不答，只是喝酒。

李四暗骂一声老狐狸，只好换个话题："那么，血月亮的诅咒你知道多少？"

洪一枫一本正经地说："现在什么都讲科学，这种怪力乱神的事谁相信？"

李四踹了洪一枫一脚："我老板一听说血月亮就知道会出事，你洪大探长会不知道？趁早给我说清楚，不然老子退镖走人。"

洪一枫抖了一下，老实说，如果李四撂挑子不干，这会他可找不出能代替的人选，只好无奈地叹了口气："好吧好吧，怕了你了，我就说一个故事，你爱听不听，随便。"

李四满意地点头，就着半打啤酒开始听故事。

血月亮的传说始于明末抗清的一支义军，领头的是大文人陈子龙，所集结的多数是江浙沿海一带的渔民，但苦于物资金钱的缺乏，连吃败仗。不知何人献了一个红血玛瑙玉璧，号称血月亮，有神奇的功能，能杀敌抗清，并且其中藏了一个绝大的秘密，能破解这个秘密便能获得无穷的宝藏。陈子龙想尽办法研究，但由于时日太短，不到三个月便兵败身亡，血月亮被清军缴获，当作战利品送交主帅多铎。谁知没过多久，多铎就死了。血月亮又被送往皇宫，接触的人陆续又死了几个，血月亮诅咒之说不胫而走，被当作不吉之物封存，二百多年下落不明。

直到民国成立，自清故宫盗卖古董成风，血月亮不知被何人携出宫廷，出现在市面上，其考古价值和背后所蕴含的财富传说吸引了无数人的追逐。血月亮数度易手，最终落在姜育林教授的手中。

"然后他们组织了一个考察队去考古了？"李四听得兴致勃勃。

"那已经是十五年前的事了，当时参与考古的除了姜育林是老师，其他人还是燕京大学考古系的学生。"

"比如我现在的老板？"

"没错，他们一共五个人，姜育林，陈奇，颜高鹤，方文轩，纪典。"

"你知道得挺清楚。"

洪一枫从口袋里摸出一张照片："这是姜教授摆在书桌上的照片，我从档案里拿出来的。"

李四接过照片，借着朦胧的灯光看了看，照片上的五个人都很年轻，人人意气风发，笑容灿烂。照片的反面写着一行字——"奇迹发生之地",后面是五个不同的签名。

"怀旧的好东西。"李四看着照片里的老板,那时陈奇才二十出头,身材清瘦,眉眼秀气,已经戴上了眼镜,笑得毫无心机,和现在谨小慎微的中年人大不一样。

"除了颜高鹤失踪,方文轩和纪典在今年六月和七月先后死亡,然后是姜育林,一周前被人发现死在书房里。"

"死因一样?"

洪一枫摇头:"方文轩在北京,纪典在广州,他们的案件报告我拿不到,所以不清楚。"

"连环谋杀……"李四陷入了沉思,看来幕后想夺取血月亮的人心狠手辣,一击不成,立刻撤退,不留任何活口,青斧帮不知利害,接了活没办成,全体丢了命。

"好好保护陈教授,他是此案唯一的知情人和证人了。"洪一枫拍拍李四的肩膀,"要是办不好,二十年牢狱等着你。"

长得浓眉大眼并不一定是忠厚人,比如眼前的这位洪探长,用无比正直的脸摆出皮笑肉不笑的威胁,实在是令人大倒胃口。

"除了我,你还有别的人选吗?"李四反将一军。

"那么,合作愉快?"洪一枫假笑着伸出手,李四没好气地握了握,探长先生赶紧收回手甩了甩,生怕沾染上什么似的,悄没声地离开了。

李四又坐了一会儿,喝完了剩余的啤酒,结了账,带着微醺的醉意，起身向酒吧外走去。

"想找乐子吗？"少女低柔的嗓音在耳边响起。李四回头一看，刚才收了小费的俄罗斯少女跟在他身边，碧绿的眼睛眨了眨，很明显在暗示着一场肉体交易。

李四笑了笑，随手摸出一张钞票塞进少女的手里："另外找一个吧。"

"我叫薇拉。"少女显然不想放过出手阔绰的客人，急急地推销自己，"我十八岁，我很漂亮。"

如果是在平时，李四倒也不反对放松一下，只是现在是非常时刻，任何一点松懈都可能招来致命一击，这也是许多同行陆续死去而他仍然能保全自己的原因。

李四已经走出酒吧，薇拉还跟在后面喋喋不休，一会儿上海话一会儿俄文。李四专心地走路——他没有走霞飞路，而是直接转进了酒吧旁边的弄堂，而薇拉就和所有刚出来的女孩子一样，只顾着生意，而根本没注意是否危险，追着李四进了弄堂。

李四停下了脚步，转过身，灿烂地一笑，突然飞起一拳，向薇拉脸上砸来。

薇拉敏捷地向旁边一跳，躲过这记重拳，脸上的天真烂漫瞬间消失无踪，换上了冰冷严酷，手中一把勃朗宁小手枪已对准了李四。

"嘿，小姑娘，教你一招，以后跟男人的时候不要走太快，江湖上可没有几个人能跟上我的速度。"李四翻腕亮出了双枪。

薇拉吹了一声口哨，黑暗的周围瞬间探出四个人影，房顶一个，弄堂前后出口各一个，薇拉身边有一个。

李四满不在乎："就凭你们几个？"猛然弯腰就地一滚。众人一瞬间失去目标，黑暗中还没来得及确认，枪声已经响起，房顶以及弄堂前后出口的三人应声中枪。

薇拉急忙一边蹲身跪地，一边向枪声来源的方向连续射击。但李四踩着之字形步伐，迅速隐入黑暗之中。

薇拉心如擂鼓，几乎要跳出胸膛，侧耳细听，弄堂里静悄悄的，霞飞路上远远传来车声、风声、歌唱声以及各种杂音，越发衬得弄堂寂静如死，黑暗中仿佛潜伏着无穷的危机。

冷汗从薇拉的额头流了下来。

突然，中枪的人发出了几声呻吟，薇拉心中微乱，突然脖子一紧，竟被人无声无息从背后勒住。

薇拉眼前发黑，几欲窒息，拼命挣扎，可是对方手臂坚若钢铁，呼吸艰难，手足渐渐软了下来。

李四手一松，薇拉跌坐在地，拼命咳嗽，百忙中目光一瞥，原本站在她身边警戒的枪手趴在地上，一动不动，不知是死是活。

李四把玩着手里的银色勃朗宁小手枪："你叫薇拉，是吧？这么漂亮的小姑娘，要是脸上划上几刀，可就不美了。"

薇拉恨恨地看着李四，等到他掏出匕首在自己脸上比画的时候，眼中终于露出了恐惧的神色。

"谁派你来的？"李四笑嘻嘻地晃着刀。

薇拉突然冷笑一声："那位陈教授，现在恐怕已经到地方了。"

李四一愣，目光慢慢变得狠厉："调虎离山？我李四保护的人也敢动，有胆量。你们不是想抓我吗？行，带我去，敢动陈教授一根毫毛，你们从此别想在上海滩存身！"

他一把拎起薇拉，狠狠一推。薇拉踉跄了几步，狠狠地瞪了李四一眼，慢慢走出弄堂。路口停着一辆车，司机惊讶地看着被枪口顶住的薇拉，刚想掏枪，薇拉摇了摇头。

"小伙子，放老实点，我不介意一枪送你跟那四个做伴，然后自己开车杀到你们老巢去。"

司机掂量了一下实力的差距，乖乖地收起枪，发动汽车。李四提着薇拉坐进后座，满意地点头："小伙子识时务，开稳点，万一颠来颠去我手滑，伤了女士可就不好了。"

薇拉咬牙切齿，只差没扑上去咬李四两块肉。李四视而不见，心里盘算着各种救人脱身之计。

出人意料的是，轿车并未驶往什么偏僻荒凉之地，反而驶上了高档别墅林立的毕勋路，最终在一幢极其恢宏壮丽的巴洛克式别墅前停了下来。那些飞檐屋角都挂着彩灯，在黑暗中勾勒出别墅的外貌，里面灯火通明，仿佛梦境中的国王城堡。

看来对手来头很大啊……

李四哼哼了两声，押着薇拉下车，走过前院，登上别墅台阶，貌似亲热地挽着薇拉的手臂，枪口始终压在她的侧腰上。

几名黑衣人似乎发现不对，手按在怀里迎上来。李四附在薇拉的耳边，低笑着说："亲爱的，我建议你提醒你的手下不要轻举妄动，否则，你美丽的小蛮腰留下永久的伤疤，太可惜了。"

薇拉眼里恨不得放出刀来，将李四千刀万剐，无奈要害落在他人手，只有忍气吞声，打了个手势。黑衣人自动退出一条路，看着薇拉和李四向别墅走去。

踏上精心雕琢的大理石台阶，高大的门缓缓打开，发出吱呀呀的摩擦声。与室外相反，大厅内一片漆黑，伸手不见五指。法国梧桐光秃秃的枝丫被窗外漏进来的光线映在大厅的墙壁上，随风晃动，黑影幢幢，仿佛无数精怪在狂欢。

突然，大厅内的吊灯大放光明，李四被刺得睁不开眼。就在这一瞬间，腰间已重重挨了一脚，跟着右手手腕一痛，小手枪飞出。

幸而他反应极快，左手掏枪，再度指向了薇拉。

李四眨了眨眼，适应了光线，这才看清，薇拉已经坐在对面的一张扶手椅上，手中的枪正对着自己。

糟糕，坐着的薇拉比预想的高度要低，枪口指向高出了薇拉的头。

虽然以李四的身手，不需要重新瞄准，但是高手对决，容不得半点失误，枪口下移不到一秒的时间，就可能决定了胜负。

李四咧嘴一笑，突然转身滑步，潇洒地坐进离自己三步的木椅里，顺手拿起桌上的红茶，给自己倒了一杯，加上糖和奶，抿了一口："不冷不热，正好。"根本无视四周突然冒出来的枪口。

薇拉脸色变了又变，枪口跟着李四转过来，几度想扣下扳机，又生生地忍住：如果刚才李四开枪，自己早已中弹了。

看来李四的身手比自己想象的还要快，机警又聪明，是个极难对付的对手。

薇拉挥了挥手，各窗口、门口的枪手们悄无声息地又隐入黑暗之中。

李四一边喝茶，一边大吃点心，嘴里还含含糊糊地说："利男居的椰蓉酥和杏仁饼还不错，桂花糕就差远了……"

精致的小碟子里各自摆放了四块点心，李四居然在三分钟之间就一扫而光，意犹未尽地舔着嘴唇："唐三夫人的气派就是与众不同，茶和点心都是上海最好的……"

薇拉大吃一惊，枪口再次对准了李四："你怎么知道……"

一个柔美清雅的声音打断了薇拉："李四先生果然是明

白人，真是见面胜似闻名。"

长长的旋转楼梯上，缓步走下来一个女人。她身穿蓝色晚礼服拖地长裙，双臂戴着薄纱手套，头上盘着西式古典发髻，压了一枚小巧的碎钻头冠，雪白的脖颈上挂着一串蓝宝石项链，耳环也是同样款式的蓝宝石，脸上却戴了一个假面舞会所用的银面具，遮住了眉眼，看不出年纪。

珠光宝气。

李四脑中第一个反应便是这四个字，眼光像最精明的估算师那样，迅速地一扫就知道这位欧洲贵族打扮的女子，全身上下这一套，没一万大洋办不下来，真是太奢侈了。

薇拉一跃而起，抢到女子的身边，附耳说了几句什么。女子微微颔首，继续款款走来，仪态万方地与李四隔桌而坐。薇拉为她斟上红茶，李四却抢先在杯中加好糖奶，惹得薇拉蛾眉倒竖，恨不能用眼光在他身上刺出洞来。

女子抿了一口红茶，忍不住称赞："浓淡相宜，不错。"

"能得到小姐的夸奖，李四三生有幸。"

女子微微一怔，茶杯也在唇边顿住了，一双灵光流转、黑白分明的眼睛看向李四："李四先生见过唐三夫人？"

李四一笑："唐三夫人是上海滩的名人，手眼通天，无论是哪位上海滩大亨都得敬畏三分，我李四这种小角色哪有这等福气？不过，唐三夫人成名已有二十多年，而小姐芳龄不过二十左右，李四虽然愚蠢，还不至于看错人。"

"好眼光，真不愧是黑豹。"女子镇定地喝了第二口茶。

李四却像是被刺了一下，猛然跳起，手臂带翻了桌上的茶杯，红茶洒了一身。

全身肌肉绷紧，双手已伸入怀中，眼中瞬间似聚集了乌云风暴，宛如即将暴起的怒狮，发出震天的咆哮。

薇拉被他突然爆发的气势吓得直发抖，但还是勇敢地挡在了女子身前。这个男人极其强大，强大到可怕的地步，仿佛一根手指就能将自己捏为齑粉！

"你能猜到我和唐三夫人有关，那么就应该想到，你的身份也不是什么秘密。"女子若无其事地放下茶杯，"毕竟唐三夫人是上海滩的信息之源，在上海滩黑白两道混过的人都逃不过她的眼睛。"

李四轻轻地呼出一口气，放松了肩膀，收敛了杀气。薇拉觉得身体一轻，无形的重压骤然消失。

"不知美丽的小姐怎么称呼？"李四重新坐了下来，又恢复了一贯的嬉皮笑脸，满不在乎。

"你可以叫我苏菲。"

"我猜这不是真名。"

苏菲微笑起来："李四似乎也不是真名呀。"

"如果苏菲小姐觉得李四不好听，也可以叫我张三。"李四无所谓地耸耸肩，"不过，苏菲小姐半夜请我上门做客，还细心地准备了茶点，究竟为了何事？"

"李四先生何必明知故问？"苏菲柔柔地回答，"你知道的，血月亮。"

"苏菲小姐想要血月亮?"李四夸张地一摊手,"以唐三夫人的能耐,跺跺脚上海滩晃三晃,还找不到血月亮?"

苏菲明亮的眼睛紧盯着李四:"不,我要你保护血月亮!"

李四呆滞了几秒钟:"我没听错吧?"

"你没听错,李四先生。"一个熟悉的声音传了过来。

李四又呆滞了几秒钟:"陈教授,我想你欠我一个解释。"

震旦大学考古系教授陈奇并不像表面上那样与世隔绝,相反,他对于上海滩黑白两道都很熟悉——因为他的职业,很多大亨需要他的专业知识,同时,他也会从一些无知者的手里拯救真正的稀世之宝。

连接陈奇和上海滩的纽带就是唐三夫人,而苏菲小姐则是新一任的联络者——读大学时她曾经选修过陈奇的考古课,从名义上来说,她是唐三夫人和陈奇共同的学生。

洪一枫推荐李四前去充当陈奇的保镖并不是偶然之举,这是陈奇和苏菲小姐经过层层筛选,最后才选出来的人。

武艺高强,身手不凡,玩世不恭,良心不多却还剩下那么一点,雇佣纪录良好,至少没有谋财害命的纪录,虽然有冲动暴力的毛病,但从不杀人,如果无视他经常把人打到半身不遂需要付出大笔赔偿费的问题,李四总算还是一个合格的探险保镖。

李四表示我很生气，紧闭嘴巴一声不吭，坐在椅子上装石雕。

"陈先生，你最好还是带我去吧，我保证，李四能做到的，我会做得比他更好。"薇拉使劲儿推销自己，"我不会给先生惹麻烦，还能照顾先生的饮食起居，最重要的一条，先生可以完全相信我。"说着意有所指地瞪了李四一眼。

"不不不，考古是一件极其辛苦和危险的工作，女孩子完全不适合……不不，我不是贬低你的能力……"陈奇头疼地看着前一分钟还阳光灿烂的少女转眼就梨花带雨，只好求助地看向苏菲。

李四猛地站起："既然陈教授不相信我，我看这雇佣关系还是提早结束的好，不过定金不退，要退也没有。"迈开长腿，旋风般地走出了别墅。

陈奇目瞪口呆地看着李四一分钟内就消失了踪影，半天才回过神来，颓然叹了口气，扶额无语。

"没想到他还挺有个性的。"苏菲忍不住轻笑出声。

只有薇拉欢天喜地："先生，现在你可以请我当保镖了吧？"

第三章

　　黏腻的黑暗笼罩着世界，艰难地跋涉其间，每一步都精疲力竭，无论怎么努力，始终无法摆脱困境。只有一双眼睛，冷冷地看着自己，让前路显示出一点希望，却又无比绝望。

　　我爱你，你也爱我吗？

　　女人的低语一遍又一遍，像无形的蛇，钻入他的心里，死死盘踞……

　　李四一惊而醒，急促吸进肺里的空气让他咳嗽了两声，但是一丝异常的感觉却升了上来，手迅速摸进了枕头底下，握住了冰冷的枪柄，猛地翻身坐起，枪已对准了……坐在破桌旁的陈奇！

　　陈奇显然被李四突如其来的动作吓呆了，瞪着眼，张了张嘴，却发不出声音。

　　"你怎么找到我这里的？"李四不客气地问，收起了枪，随即知道自己问了个愚蠢的问题——苏菲小姐的消息网怎么可能漏了吉祥的理发店。

陈奇推了推眼镜："李四先生,我想请你重新考虑我们之间的合作。"

"没兴趣!"李四扯过床脚的布衫套上身,跳下床,自顾自到院子里拎水洗漱。

"我可以给你十倍的工钱!"幽幽的一句从屋里飘出来。

李四手里的搪瓷缸"啪嚓"掉进铜盆里,脑中开始飞快地计算十倍的工钱是多少——一个月二百个大洋!

一个大洋值三百个铜圆,而四个铜圆可买一套大饼油条,一碗肉面也不过才二十个铜圆……

李四突然觉得自己不会算账了,一长串的铜板数字在眼前飞来飞去,看不见头尾……

"有钱到我面前耍威风吗?"李四气势汹汹地进屋,一把揪住陈奇的衣领,"一个月二百个大洋,骗谁啊,你还没赚到这么多……"

陈奇不紧不慢地打断了李四:"我一个月薪俸五百大洋。"

李四倒吸了口冷气,顿时觉得眼前的小个子教授浑身金光灿灿,分明是踏破江湖也寻不来的大金主!

陈奇挥开李四的手:"李四先生,你可以再考虑一下吗?"

"知道我最讨厌什么吗?"李四决定再垂死挣扎一下,"雇主的不信任。"

陈奇认真地看着李四："对此，我很抱歉，但是事关重大，我不能不一再小心，毕竟你也看到了，一次小小的失误就可能夺去几十条人命。"

"如果从头到尾你我之间都是不信任，我很难完成任务。"李四盯着陈奇，"毕竟，我要以性命保护你的安全。"

"我想，李四先生同样也不信任我。"陈奇看着李四垮下脸，唇边露出一丝笑意，"信任是相互的。"

"如果以后你保证不再隐瞒，我可以考虑当你的保镖。"李四打死也不承认这是二百个大洋的诱惑。

陈奇如释重负："太好了，我叫了春风得意楼的茶点，现在应该已经送到了。"

说话之间，吉祥大呼小叫地跑进来，手里拎着一个食盒，一副口水直流的模样，将食盒放在桌上："生煎馒头，蟹壳黄，翡翠素烧卖，奶黄糯米糍，肉末夹烧饼，软煎马蹄糕，还是热的。"

"吉祥先生，麻烦你去拿茶壶和热水，我来泡个茶，大家一起吃个早点吧。"

"叫我吉祥就行，咱够不上先生。"吉祥满面堆笑，"您要不要再请个保镖？要不佣人也行，或者是车夫……"

"去去去，别丢我的脸。"李四一把拎起吉祥扔出屋外，"老板，别讲究那么多，我这儿没茶。"

"我有。"陈奇小心翼翼从西装口袋里摸出一个小布包，一股茶叶香扑鼻而来。

李四扶额，这么精致讲究的老板，以后可怎么伺候！

吃完茶点，拒绝了吉祥一再的自我推销，考虑到老板的贵体，李四贴心地叫了出租车回去，当然，车费老板付。

"李四先生，我不认为猪头肉能登大雅之堂。"陈奇瞪着李四手里拎的一串荷叶包——那是李四隔着两个街口硬是下车去买的。

李四扬了扬剑眉："这家猪头肉很出名的，晚上就着状元红当下酒菜，味道好极了。"

"状元红难道不应该配大闸蟹么？"

李四差点一个趔趄绊倒自己，只好叹了口气："老板，我是卖苦力的，不吃肉哪来的力气？没钱的时候，填饱肚子最要紧，没闲钱吃那些不顶饿的玩意儿。"

"抱歉，我……"陈奇尴尬起来，作为出身良好的富家子弟，他确实无法想象李四混迹江湖的生活。

李四推开门走进厅："其实猪头肉很好吃，别嫌弃，尝尝就知道滋味了。"

陈奇还没来得及回话，突然，李四扬手将荷叶包扔过来，陈奇下意识地接住。眨眼间李四已抽出枪，如一阵旋风似的蹿上了楼，一脚踹开书房的门，枪已顶上了对方的脑门。

"啊……"惊叫声惊天动地。

"别，别开枪……"陈奇捧着油腻腻的荷叶包，气喘吁吁地跑上来，"他不是坏人。"

李四"唰"地收起枪，打量了一眼，那是一个二十多岁的年轻学生，穿着灰布长衫，白净面皮，细眉长眼，此时吓得魂不附体，两腿发抖，一屁股跌坐在椅子上。

"景弘，你没事吧？"陈奇想去扶他，可是忘了手里还捧着猪头肉，一伸手，荷叶包直送到对方的鼻子前。

"猪头肉？"那青年一脸的莫名其妙。

李四轻飘飘地拎走陈奇手上的荷叶包："老板，这谁呀？一声不吭地闯进来，我要是手快点，这会儿他大概已经见阎王了。"

"他是姜教授的学生，宋景弘。"陈奇转头又介绍，"我新请的保镖，李四先生。"

宋景弘惊魂未定："陈教授，你的保镖很……"看见李四冷冷地瞟了自己一眼，打了个冷战，"嗯，很……很厉害。"

"别介意，他只是太称职了。"陈奇扶了扶眼镜，"你怎么没有出席姜教授的葬礼？"

宋景弘看了看李四，欲言又止。

李四满不在乎地倚在书桌一角，不知从哪儿摸出一瓶酒，拆了荷叶包，就着猪头肉喝酒。

宋景弘嫌弃地抽抽鼻子，转过头来："教授，能不能单独聊？"

陈奇沉吟了一下："既然李四先生是我的保镖，有些事必须让他知道，你说吧。"

宋景弘从皮包里拿出一沓资料："姜教授出事前几天，把这些资料交给我保管，还让我到外地休假。我从报纸上看到教授遇害的消息，才赶回来的。整理这些资料的时候，发现了姜教授留下的字条。"

陈奇拿起字条，看着姜育林遒劲有力的字体，上面写着：如我出事，请将资料转交陈奇兄。

一股热流涌上眼眸，陈奇使劲眨着眼，喉咙里似哽着石头一样，怎么也出不了声。

"老板，你这瓶花雕很不错，来一口？"李四轻飘飘的声音从耳边掠过，紧接着陈奇手里被塞了一个酒瓶。

"哦……"陈奇机械地喝了一口，然后一股肉香在鼻端缭绕开来。

李四托着荷叶包，递到陈奇眼前，脸上扬起一个大大的笑容。

"没有筷子……"陈奇还在发愣。

"你有手啊。"李四耸耸肩。

于是，一向端庄严肃极重仪表的陈奇教授用手拎了一块猪头肉放进嘴里，震惊了宋景弘。

"关于血月亮的资料？"李四伸手去翻，宋景弘眼疾手快，一把抢过资料抱在怀里。

"麻烦你先洗个手再来翻。"宋景弘几乎要咬牙切齿了。

"对，洗手，洗手。"陈奇终于从恍惚的状态中醒过来，赶紧拉着李四冲到盥洗室，洗去手指上沾的油腻。

"这位宋景弘，可不是简单的人。"李四低头洗着手，嘴角含着一个若有若无的笑。

"他是育林兄的得意门生，也是考古界的新秀，为了学习考古，他心无旁骛，付出了很多，我也希望有他这样的学生。"陈奇感叹不已。

李四一声嗤笑："人心隔肚皮，别把人想得太好了。换了我，肯定带着这些资料跑路，找到一个慷慨的买主，下半辈子就不愁了。"

陈奇沉下脸："不是每个人眼里只有钱。"头也不回地走回书房。

李四凝视着镜子中的自己，叹了口气，忽然感觉脚边有什么东西，低头一看，那只小豹猫正在挠自己的裤角。

"喵……"小猫似乎闻到了什么，睁大一双亮晶晶的猫眼，一脸的期待。

"你也想吃猪头肉？"李四弯腰抱起小猫，"行，有眼光，待会我留几块最肥的给你。"

陈奇刚进书房，宋景弘便抱怨起来。

"陈教授，您这找的什么人啊？粗暴，无礼，简直像街边的流浪汉，这种人能当保镖？"

"李四先生是洪探长推荐的，个人也很有能力，已经救过我几次了。"

宋景弘一脸恨铁不成钢的表情："您对他了解多少？估

计连他的真名也不知道吧？这种混江湖的人物，眼里只有钱，我看哪，他是冲着血月亮来的，没准就想着半途劫了血月亮去卖个大价钱。"

陈奇无语，这两位给对方的评价极为一致，活像商量好了似的。

宋景弘低头看着手里的资料，眼圈红了："这些是姜教授用生命保护的资料，珍贵无比，可不能落到歹人手里。"

陈奇一愣，忽问："你研究过资料了？"

宋景弘摇头："老师只是让我保管，并没有让我研究，所以我一直没看。"

陈奇探究地看着宋景弘，忽然笑笑："你可以看看，或许……"

宋景弘突然咳了两声，意似提醒。陈奇回头看时，李四已经大喇喇地抱着小猫走进来，顺手将猫放在荷叶包面前。小猫嗷的一声，扑上去大快朵颐。

"猫不能吃太咸的东西。"陈奇学究癖发作，准备拿走猪头肉。

小猫弓起身体护食，喉咙里发出低吼声，猫眼精亮骇人。

陈奇吓了一跳，一恍神，眼前仿佛站着一只猛虎，哪还是温顺的猫？

李四摸摸小猫的脑袋："流浪猫扒垃圾，什么都吃，哪管得了咸淡，还不是活得好好的。"

陈奇无奈地摇头，转身去看资料。宋景弘仍然一脸的警惕，有意无意地挡在李四前面，防止他偷看。

哪知李四一转身，也不知怎么一个滑步，已经到了书桌的另一边，长胳膊伸过来一捞，就将那沓资料抓到手里，打开便看。

宋景弘大怒："你怎敢不经允许，随便偷看教授的珍贵资料！"

李四斜视了宋景弘一眼："看都看了，怎么样？"

宋景弘转头向陈奇求助："教授，我就没见过这么无法无天的人，毫无规矩，粗鲁之极！"

"规矩？那是制定出来骗笨蛋的，你看我很蠢吗？"

"你！"宋景弘气得发抖，可是自忖不是这个人高马大的保镖的对手，只好愤愤地咬牙。

陈奇安抚地拍了拍宋景弘的肩膀，缓缓说："李四先生，我倒是不介意你看这些资料，问题是，你看得懂吗？"

李四扯了扯嘴角，慢慢放下文件："不好意思，确实看不懂。这是什么破文字？没一个是我认识的。"

一句话引起了宋景弘的好奇心，探头看了一眼桌上的资料。果然，那些汉字非常奇怪，看着眼熟，却像天书一样无法理解。

陈奇拿起资料，怀念地抚摸着那些墨迹："这是南方民间流传的一种古文字，是育林当年考察时发现的，他极聪明，一学就会，又教给了我们几个，有时用来记载不想外传的资料。"

"哦……"李四兴致缺缺地挥挥手，"老板，我去帮林妈做饭，你们慢慢聊。"潇洒地转身出门。

宋景弘瞪着李四的背影："教授，此人太不靠谱了，没有他，我也能保护你。"

陈奇苦笑："景弘，你在考古专业上能帮我，可是防身保护不是你的专长。"

"教授，多一个陌生人就多一份危险，这个人眼神冷厉，好似猛兽，可见心狠手辣，绝对不是良善之辈，您要三思。"

陈奇脸色微变，眼中流露出痛苦的神色："如果说杀人凶手，或许我们也是……"

宋景弘吃了一惊："教授……"

"如果当年我不那么好奇，执意追求血月亮的真相，他们就不会被人盯上，也不会死这么多人，青斧帮一夜之间灭门，五十多条人命啊……"陈奇捂住了脸。

宋景弘犹豫了一下，轻轻拍着陈奇的肩膀："您别自责了，毕竟谁也不知道未来的事。"

陈奇猛地抬头看着宋景弘："谁也不知道未来的事……对呀，未来，一切都在未来！"

他眼睛闪闪发亮，一把抓住宋景弘："你马上回学校请假，带上资料，跟我一起去。"

宋景弘懵了："去……去哪里？"

陈奇斩钉截铁地说："一切开始之地！"

"海岛冰轮初转腾，见玉兔，玉兔又早东升。那冰轮离海岛，乾坤分外明……"

美艳娇妍、仪态端庄的杨贵妃舞姿妖娆柔媚，唱腔婉转清亮，伴着西皮、二黄的乐调，犹如似仙宫的天籁之音。移莲步，舒广袖，眉眼流转，一颦一笑，流露出万种风情，唱出心中的无限孤寂。

坐在包厢里的陈奇听得有滋有味，摇头晃脑地低哼，手还配合在桌面上敲打着鼓点。

旁边的李四歪在座位上，四仰八叉睡得人事不知，呼噜拉得山响。

宋景弘忍无可忍地瞪了李四一眼，抱怨："简直是对牛弹琴，大煞风景！"

小豹猫从李四怀里爬出来，抖抖皮毛，直接坐在李四的肩膀上，好奇地东张西望。

"他……他居然还带着猫！"宋景弘一副"孺子不可教也"的表情。

陈奇微微一笑："他只是保镖而已，不必过于苛求。"

"陈教授，我不明白，您说去一切开始之地，可是我们却在天蟾舞台看梅老板的《贵妃醉酒》，这两者有什么关系？"

陈奇低吟："临邛道士鸿都客，能以精诚致魂魄……忽闻海上有仙山，山在虚无缥缈间……昭阳殿里恩爱绝，蓬莱宫中日月长……"

"《长恨歌》？"宋景弘越发莫名其妙，"是描述唐明皇和杨贵妃爱情故事的诗歌，这和……有什么关系？"他谨慎地没有将"血月亮"说出口。

陈奇并未回答，凝视着舞台上雍容华贵的杨贵妃，眼中流露出复杂的情绪，显出沉重的忧郁。

宋景弘感受到那种无言的内疚、愧悔和痛苦，想安慰却又不知如何开口，也许，只有当事人才能体会那种无能为力的伤痛与遗憾。

台上的杨玉环继续哀怨地唱："这才是酒入愁肠人已醉，平白诓驾为何情……"

突然，挂在包厢里的汽油灯忽明忽明，闪了两下，陈奇眼一花，杨贵妃的脸直接在眼前放大，温热气息似乎要扑到脸上。

陈奇惊得一抖，"啊"了一声，一切又恢复了原状，一阵风过，老旧的汽油灯摇晃着，发出微弱的吱呀声，昏黄而又压抑。

冷汗慢慢从背上冒了出来，一种被毒蛇盯上的异样感从心头升起。陈奇猛地转头，宋景弘依旧注视着舞台，神态平静，仿佛什么也没发生。

"景弘……"陈奇想提醒他注意，可是才开口，喉咙突然像被堵住了，再也发不出一个字。

陈奇惊恐万状，猛地站起，扑上去想拉宋景弘，哪知对方的身体就像虚空一样，手竟然直接穿过了宋景弘的胸膛。

紧接着，一股烟雾腾了起来，宋景弘如同沙丘委地，颓然四散，化作闪亮的冰晶，撒满了地板。

陈奇吓得全身僵硬，一动也不敢动，这是现实的世界吗？怎么发生如此离谱的事情？他战战兢兢转头看向舞台，杨贵妃依然甩着云袖低吟浅唱，美目斜睨，轻送眼波，仿佛在和他调情。

不，不，这一定是在做梦……

陈奇闭上眼睛，忽然，一只手悄无声息地握住了他的胳膊。陈奇已是惊弓之鸟，吓得疯狂挣扎。

"老板，别怕，是我。"耳边传来的是李四低沉悦耳的声音，"别睁眼，跟我走，我带你出去。"

陈奇站着不动，嘴巴张合，却发不出声音，只好指着宋景弘原先坐的地方。

"老板，你才是目标，小虾米没人看得上。"李四的声音平静如常，还带着三分调笑，却让人安心。

陈奇顺着李四拉扯的力量，挪动脚步跟着走。他不敢睁眼，生怕看到更多诡异的场景。

李四开始拉着他走时，步子又急又快，但没过多久便慢了下来，脚步变得滞重而迟疑，呼吸渐渐变粗重，到最后几乎变成了喘息，而握着他胳膊的手掌渗出大量的冷汗，湿透了衣衫。

陈奇站住了，用力捏了几下李四的胳膊，以示询问。

李四轻笑两声："老板，看来有人不想我们顺利地离开，也许你可以帮我看看路。"

陈奇睁开眼睛，发觉自己正站在走廊上，顶部的灯光似乎被什么压抑住了，昏暗不明，而前后走廊则是漆黑一片，仿佛是无底的深渊。

李四靠在墙壁上，正在喘气，英俊的脸上布满了汗珠，仿佛经历了一场大战。

陈奇惶惶然不知如何是好，前后看看，用目光询问。

李四指了指前方："如果我没记错，到走廊尽头，拐弯就是剧院出口。可是这条路，怎么也走不到头，活像遇到了鬼打墙。"

他说话很慢，与平时的轻快迥然不同，陈奇猛然醒悟过来，李四和自己一样，正在被那些异景所困扰。

你……看到了什么？……

陈奇飞快地在李四手上敲出摩尔斯电码。

李四愣了一下，随即笑了，向走廊的尽头努了努嘴。

延伸过去的走廊似被一片黑雾笼罩，模糊不清，影影绰绰有人影晃动，渐渐地，一个摇曳生姿的身影浮现出来，衣带飘扬，长裙款摆，满头珠翠，明灭闪亮，回眸一笑，带着说不出的阴森与诡异。

杨贵妃！

陈奇死死地抓住李四的胳膊，只觉得两腿发软，站立不稳。

"我想我们都中毒了，出现了幻觉……"李四喘了两口气，"别理会，幻觉会自动消失的。"

杨贵妃忽然转过身，幽幽地看着两个人，裙摆不动，如风一样轻轻地飘了过来。

陈奇心中拼命念叨：幻觉，幻觉，不要怕……

杨贵妃的手慢慢抬起，丝带无声无息地游将过来，猛地缠上陈奇的脖子。

陈奇被勒得透不过气来，眼看着杨贵妃的手伸过来，如鸡爪一般细长，僵硬，冰冷，没有任何活气，一点一点，爬上陈奇的脖子，眼神中透着一种好奇，天真而无辜，显得格外瘆人。

不是幻觉！

李四猛地跃起，飞起一脚，踢向杨贵妃。

杨贵妃一动不动，突然一闪，便消失了。

李四眼一花，转瞬之间，杨贵妃又出现在眼前，妆面已变得惨白，樱唇微张，露出一个微笑，仿佛十分得意。

"装神弄鬼！"李四猛一翻腕，亮出袖中的匕首，一个漂亮的刀花，将陈奇脖子上的丝带割断，顺势划向杨贵妃的脸。

趁着杨贵妃一闪之际，李四拉着陈奇拔腿便跑，耳边隐隐约约听见一句唱词飘来："你若是不遂娘娘意……"

陈奇踉跄着回头，只见杨贵妃纤纤玉指，正指向他们的背影，脸上似笑非笑，身形渐渐变淡，风过处，化成几缕烟，飘散无踪。

陈奇毛骨悚然，只觉得一阵恶心，胃里的酸水涌上喉咙，几乎要吐出来。脖子火辣辣的痛，先前勒伤的地方迅速红肿，暴起一道瘀痕。

突然，李四停了下来，陈奇一个收势不住，险些撞在李四的背上。

前方走廊依旧暗黑不清，李四却直愣愣地盯着，仿佛看见了什么，露出难以置信的表情。

"芸……"一声低沉的叹息从李四口中吐出，他放开了陈奇，慢慢张开手臂，向前走去。

陈奇大惊，一把拉住李四，使劲往回拉。

李四脸上的神情又悲又喜，眼神发直，却温柔得不可思议。

英雄柔情……

陈奇脑中一瞬间闪过这个词，随即更加惊恐，李四想必被鬼魂所迷惑，看见了钟爱之人，以致迷失了神志。

李四恍如未觉，用力挣脱了陈奇的手，快步走向走廊深处。

他步履极快，陈奇身为大学教授，长年习惯坐着，哪能追得上他的步子，只一眨眼，李四便消失在那团若有若无的暗雾之中。

倏忽间，四周就变得空旷死寂，没有一丝声息，只听见自己的心跳和呼吸声，越来越大，几乎响彻耳鼓。

冷汗渐渐冒了出来，陈奇战战兢兢迈了一步，"啪"的一声响，反而吓了自己一跳，脚步声在幽远的走廊里传开，回声袅袅不绝。

黑暗中隐藏的未知危险，才是人类最害怕的东西。

陈奇猛地靠在墙壁上，眼珠乱转，仿佛这样就能观测到前、左、右随时扑出来的魂灵。

突然，一阵轻风从身边刮过，陈奇急扭头看时，一只苍白纤细的手从墙壁极小的缝隙里伸了出来，无名指还戴着一枚极精致的翡翠指环，闪着幽绿的灵光。

陈奇张大了口，却叫不出声，惊得全身僵硬，动弹不得。

京剧唱腔幽幽地响起："好一似嫦娥下九重，清清冷落在广寒宫……"

水袖飘荡，杨贵妃慢慢从缝隙中游出，转过身，眼珠转动，不见百媚横生，只见冰冷呆滞，明明美艳的妆面，此时却像鬼面，木然森冷，毫无表情。

"玉石桥斜倚把栏杆靠，鸳鸯戏水……"杨贵妃边唱边伸出手，摸向陈奇的脸。

陈奇努力向旁边移动，试图避开杨贵妃的手，猛地发现，杨贵妃虽然在唱，口唇却纹丝不动，如同鬼魂唱曲一般。

"人生在世如春梦，且自开怀饮几盅……"恍惚之间，杨贵妃手中已端了一杯酒，凑向陈奇的嘴唇，人也贴了上去，几乎要亲到陈奇的脸上。

陈奇哆嗦着，嘴巴张合，怎么也叫不出声，心里拼命念叨：李四快回来，李四快回来……

突然，尖厉的嗷呜声在空旷的走廊上炸响，转眼一个矫健的黑影闪电般扑来，利爪猛挥，瞬间抓过杨贵妃的粉面。

"啊……"杨贵妃发出一声惨叫，捂着脸踉跄后退，手里的酒泼了出去，正好泼在陈奇的脸上。

陈奇闻到一阵奇特的异味，眼前顿时眩晕起来，最后看到的，是小豹猫撕咬杨贵妃的画面，随即便失去了意识。

如梦，似幻，仙云缥缈，瑞气荡漾，碧岭排空入云，瀑布玉龙奔腾，山光如画，水声潺潺，玉石为路，仙草为坪，奇花为毯，鹤鹿为戏，蜿蜒小路的尽头，矗立着一大片宫苑，殿阁巍峨，金碧辉煌，隐约有仙子嬉游，清歌婉转，恍如仙境。

陈奇想要走近细看，谁知足下一软，差点摔倒，再抬头看时，景色忽变，只见水天一色，浩渺无际，大海辽阔，碧波浩荡，眼前的仙岛就像一枚海螺，静静地安卧于海水之中。明净的月光，宛如水晶琉璃，笼罩了整个世界，分外清丽。

耳畔又传来幽幽的京剧唱腔："海岛冰轮初转腾……乾坤分外明……"

这是哪里？

陈奇疑惑地看着，觉得很眼熟，仿佛住了很久，又似乎从来没有到过这个地方……

"喵喵喵……"猫叫一声比一声凄厉，陈奇低头一看，豹猫在自己的脚边打转，不时地伸爪子挠着裤角……

陈奇一惊而醒，耳边犹有喵喵声，一转眼，小猫卧在他脸边，正在低声叫，倒像是呼唤他醒来一样。

伸手摸了摸小猫柔软的皮毛，陈奇费力地坐起，冰冷的地面硌得他后背疼痛不已，稍一动作，骨节就发出嘎巴的声音。

抬头四顾，眼前黑暗一片，伸手不见五指。陈奇想起了昏倒前的情景，心中一寒，不知道李四怎么样了？希望这位临时保镖能够平安无事。

这是哪里？

"陈教授忘了五年前的约定？"一个阴冷的声音从黑暗中传来。

陈奇这才发觉自己不知不觉将问题说出了口，看来封口的禁制已经解除，忙试着咳嗽几声，声音嘶哑，活像破锣。

"我的同伴呢？你们把他关到哪儿去了？他有没有受伤？"陈奇避开了对方的问题，脑中却在飞速思索，五年前？

"只是一点小小的迷魂术而已，我猜，你的同伴正在破镜重圆的美梦中。"那声音带着一丝嘲讽。

陈奇侧耳细听，这声音既不像女人那样尖细，也不像男人那样低沉，相反，带着一种说不出的僵硬、机械和沉闷，甚至不像活人的声音。

鬼音？

陈奇唰的又出了一身白毛汗，一日之间，受的惊吓太多，贴身内衣被汗水反复浸透，黏糊糊的，十分难受。

潮湿，闷热，局限于狭小的地方，无法伸展……

"船！"陈奇脱口而出，"五年前，在东海！"

那声音发出桀桀的怪笑："很好很好，陈教授还记得，省得我再复述一遍。"

"你是海老大？"陈奇激动起来，"我们当初明明约好合作，现在这样，又算什么？"

"合作？"那声音冷笑，"一个血月亮，就让你们这些衣冠楚楚的绅士们露出贪婪的嘴脸，坑蒙拐骗，使尽手段，还有脸提合作！"

"是你们不讲信义，还想倒打一耙？"陈奇气得站了起来，谁知足下一晃，又跌坐回去。

"不讲信义？这句话你应该去问颜高鹤。"

陈奇心里一紧，恰巧是在五年前，颜高鹤失踪了，虽然想尽一切办法，仍然找不到，令其他几位教授着实伤感了一阵。

可是照海老大的意思，似乎颜高鹤在失踪前与其有过接触，难道……

"颜高鹤失踪五年，如果你有他的下落，麻烦你告诉我，也许我可以当面询问真相。"

海老大没有回答，似乎在思索什么。

陈奇努力以诚恳的口气说："想必海老大也知道了，今年祸事连连，方文轩教授、纪典教授和姜育林教授先后被害，显然有人想杀人灭口。如今血月亮也已落入歹人手中……"

那声音突兀地响起："什么？血月亮被抢走了？"

"准确地说，是被偷走的。"陈奇的声音带上了一丝懊恼，"很明显，我们对防范贼人缺乏经验。"

"这么说，青斧帮被全体灭口也不是你们干的？"

陈奇叹了口气："好歹我们是文人，怎会做此丧尽天良之事？"

海老大冷笑："文人无耻的也不是没有。"

陈奇知道他指的是颜高鹤，又叹了口气："颜教授为人心高气傲，追求完美，东海之行失败，他心有不甘，可能另想办法前去考察，但他绝非丧心病狂之人，或许中间另有隐情。"

海老大停了片刻，又问："假如你说的是真话，那么，你可知是什么人偷走了血月亮？"

"如果我知道，也不会冒险前来赴约。"

海老大哼了一声："谁知道你是不是另有图谋!"

陈奇沉吟片刻，突然说："洪探长封锁了消息，你怎么知道青斧帮被全体灭口？除非你……不是海老大!"

那声音轻轻地"咦"了一声，然后就沉寂了。

陈奇嘴角浮起得意的笑容："纸偶术，如果我没猜错，你就是杨贵妃!"

周围一片寂静，陈奇屏住呼吸，侧耳细听，试图在黑暗中寻觅一星半点线索。

"喵……"猫叫声突兀地响起，陈奇已紧张到极处，被小猫的叫声吓得一哆嗦，目光一甩，只见一双绿莹莹的猫眼在黑暗中闪着幽幽的光，仿佛拥有智慧一样。

"陈教授果然心细如发……"那声音似有几分感叹，"我确实不是海老大。"

陈奇吃了一惊："你是谁？和海老大什么关系？为什么要抓我？"

"既然你想知道答案，何不前去一切开始之地？"

"你怎么知道一切开始之地？"陈奇皱眉深思。

还没等到那声音回答，只听"砰"的一声巨响，墙壁被破开一个大洞，光线瞬间照入，整个地面都晃动起来，陈奇头晕眼花，滚倒在地。

一双手扶住了陈奇："老板，你还好吧？"

"李四先生？"陈奇勉强靠着李四站了起来，"我没事，你呢？"

"我也没事，就是找你花费了一点时间。"李四扶着陈奇弯腰从破棚子钻出来，"谁会想到你被运到这里来了。"

带着腥味的风扑面而来，放眼远望，茫茫无际，水天一色。朝阳初升，映得满天皆红。

"海？"陈奇惊诧万分，"我在船上？杨贵妃呢？"

李四伸手在陈奇眼前晃晃："老板，你没被吓疯吧？"

"我正常得很！"陈奇生气地打开李四的手，"刚才我一直在和她说话，人呢？"

李四一摊手："就这么一艘破渔船，我上来只看到你，没看到其他人。"

陈奇不信，回身在船上走了一遍。果然，船上除了两人一猫，再没看到其他人。

"不可能，我明明……"

李四拍拍陈奇的肩膀："老板，你只是中了迷魂术而已，换成时髦的说法，叫催眠术，一不小心，你我都中招了。所以，你在船上听到的，只是幻觉而已。"

陈奇断然否定："不，那不是迷魂术，你我所看到的杨贵妃，不是真人，而是纸偶。换句话说，这是纸偶术。"

"纸偶？就葬礼上烧掉的那种？"李四扶额，"有这么怪力乱神的事吗？"

"有，李四先生，不要因为你没见过就否定。"陈奇考究习气发作，认真地解释，"当初我在西南做田野调查，就曾经见识过这种纸偶术，配合一种特殊的药水，不但使人产生幻觉，还会被纸偶迷惑，做出千奇百怪的事来。不过，操纵纸偶的，大多数是女子，世代相传，从不外传……"

李四一把拖着陈奇就走："我看你还处在幻觉之中，或者吓糊涂了还没醒，我雇的船可是按钟点收费的，贵得很！"

"别忘了猫！"陈奇腾出一只手，捞起小猫，正准备走上跳板，李四却突然从船头拿起一盏煤油灯，"砰"地砸在船板上，褐色的煤油四处流淌。

"李四先生，你要做什么？"陈奇意识到不妙。

"管他什么妖魔鬼怪，难逃我三昧真火！"李四划了根火柴，丢在煤油里，顿时火焰便蹿了起来。

"你怎么能随便烧船！"陈奇大声抗议。

李四拖着他走上跳板："老板，我劝你脚步放快点，不然火就追上来了。"

陈奇跟跟跄跄被拖上小渔船，吉祥赶紧凑上来献殷勤："陈老板，海上风大，快到舱里歇脚，我给你泡了茶，上等的龙井哦……"

李四抬腿踹了吉祥一脚："少拍马屁，开船。"

吉祥一蹦闪开，高呼："船家，升帆！"

风帆呼啦啦升起，借着风力，渔船渐渐驶离着火的船。陈奇看着逐渐变作火团正在下沉的旧船，无奈地叹了口气，将小猫紧紧抱在怀里。

朝阳跃出水面，将整个世界染上生机。

第四章

　　对于陈奇而言，这离奇的惊魂一夜，除了付出一笔昂贵的雇船费之外，结局还算不错。

　　宋景弘则是百思不得其解，他只不过在剧院里打了个盹，醒来就只剩下他一个人了，找了大半夜都没消息，天亮才回到别墅，依然不见人，急得团团转，差点去报警。

　　"先生，现在外面不太平，还有歹人威胁，您怎么能随意乱走，也不告诉我一声？"宋景弘边说边瞪着李四，"您别以为有了保镖就会安全，是保镖还是阎王都说不准。"

　　李四眼皮也不抬，无聊地玩着手里的匕首，突然手一滑，一道白光闪过，匕首擦着宋景弘的耳朵飞过，钉在了墙壁上。

　　"李四先生！"陈奇警告地喊了一声。

　　"抱歉，手滑了。"毫无悔改的李四走过去拔出匕首，"累了一夜，准头不大好。"

　　宋景弘气势汹汹地拦在李四面前："你别想在我面前打

马虎眼，说，昨夜你把先生带哪里去了？"

李四在宋景弘眼前晃了晃匕首，满意地看着他直缩脖子："两个单身男人，半夜出去闲逛，你说能去哪儿？"

宋景弘一愣，眨巴着眼睛，结结巴巴地问："难道你们喝……喝……"瞥见陈奇脸色难看，自动将后面的话咽了回去。

李四却满不在乎："说对了，喝花酒，妙凤楼，带老板去开开眼。"

"胡说八道，先生一向洁身自好，怎么会去长三堂子？"

李四却咧开一个大大的笑容，压低嗓音问："哦？你怎么知道妙凤楼是长三堂子？莫非也是那里的常客？"

宋景弘登时气得满脸通红："你……你这是污蔑！我是从报纸上看来的。"一转念，看向陈奇，"先生，你不要被这个油嘴滑舌的家伙给骗了。"

陈奇扶额："景弘，闹了一夜，你也累了，先去休息吧，回头我再给你解释。"

宋景弘无奈，只得气愤地瞪了李四两眼，拂袖而去。

陈奇慢悠悠地说："李四先生，你找借口我不反对，但是请你不要随意败坏我的名声。"

李四又开始玩耍手里的匕首："那我要怎么解释两个单身男人失踪大半夜？难道说，咱俩出去看星星看大海了？"

"呃，这个……"陈奇也头疼起来，"总之，我不会去烟花之地。"

李四微微一笑："老板，喝花酒是最好的借口，没人会追问理由。再说，喝花酒也是一种风流韵事，还能衬托您大教授的风度气派。"

陈奇不理会李四的胡言乱语，拿了两个水晶酒杯和一瓶红酒，倒了两杯，递了一杯给李四。

"老板，我对洋酒没兴趣，这种酸了吧唧的玩意儿不对我的胃口。"话虽这样说，李四还是拿过来一饮而尽，就像喝酸梅汤一样。

陈奇慢慢品了一点杯中的红酒："我记得当时你被迷惑了心智，后来怎么脱险的？"

李四嬉皮笑脸地歪靠向陈奇的肩头："老板这么关心我，真叫我感动啊。"

陈奇不动声色地走开两步，李四倚了个空，跟跄了一步，遗憾地咂咂嘴。

"我李四是谁呀，哪能被这点小伎俩骗到？只是迷糊了一会儿，这王八羔子想操纵我跳楼，我就马马虎虎应付了他一下，爬上天蟾舞台的屋顶上，吹了会儿凉风。"

"李四先生，注意言辞。"陈奇也不去拆穿李四死要面子的嘴硬吹嘘，心下明白，对方要的人是自己，不愿过多分心地对付意志强硬的李四，所以只是驱逐他了事，"后来你又是怎么找到我的？"

李四也知道这种拙劣的借口瞒不过陈奇，好在脸皮厚，也不以为意："当然是站得高看得远，后来我瞧见天蟾后门驶出一辆车，还听见猫叫，就赶紧找吉祥帮忙，一路追到码头，结果那王八……那家伙居然把老板弄上船开走了，没办法，我们也只好雇了一艘。再后来的事，老板你都知道了。"

陈奇微微点头，对方出海的目的，大概是为了防止窃听。此人思虑周详，行事精细，确实是个难缠的对手，只是不明白他是如何从船上突然消失的。

陈奇又喝了两口酒，想了想，还是轻声问："芸……是谁？"

李四一僵，脸色顿时大变。

陈奇盯着李四深邃的眼睛："你的意志很强大，无论是幻觉，或是纸偶杨贵妃，都不能使你崩溃。操纵纸偶的人为了控制你，使用了最厉害的招魂术，就是诱发一个人心中最渴望的人或是东西……"

"啪"的一声，李四手上的水晶酒杯被捏碎了，血色如酒，一滴滴落了下来。

陈奇吓了一跳，赶紧放下酒杯："你不要紧吧？我去找酒精和纱布。"

李四脸上又浮现出常见的轻佻笑容："老板这么关心我？真是受宠若惊。这点小伤不算啥，请老板放心，下次我绝不会再犯同样的错误，保证对得起你付的那二百个大洋。"

他潇洒地挥挥手，转身出门下楼，快得连陈奇开口叫他都没来得及。

陈奇转头望着窗外，无声地轻叹，李四这个人，心中藏有很多不为人知的秘密，无论是痛苦还是惨烈，都只能自己孤独地承受……

就和自己一样……

脑海中好友的笑脸——浮现，伴随着那些意气风发的年代，一生最好的三位挚友，已经天人永隔，只有睡梦之中，才有可能重见……

陈奇赶紧将剩下的红酒一饮而尽，压住了内心翻腾急涌而出的思念与悲痛。

点燃的烟卷冒出缕缕轻烟，遮住了李四的双眼。他无意识地闭了闭眼睛，睫毛在眼睑下方投出一排深深的阴影。

他以为自己已经忘记了芸，可是生命中最美好的一幕又怎会轻易抛弃？纯洁无瑕的芸，如同山谷里的幽兰一样清雅纯真，是过往的黑暗人生中唯一的星光与希望……

"厨房不准抽烟！"严厉的声音在李四耳边响起，紧接着半截香烟就被人劈手夺走，扔在地上。

李四回头一看，买菜刚回来的林妈正瞪着他，显然对弄乱厨房的人很不高兴。

"抱歉，我只是觉得这里比较清净。"李四第一眼看见老太太就知道她脾气不太好，以陈奇温和的个性，十之八九也是让着她的，于是林妈就成了别墅的霸道太后。

林妈"哼"了一声："别跟我嬉皮笑脸……"眼光扫过李四的手，"受伤了？"

李四无所谓地抬手看看："没事，戳到玻璃了。"

林妈皱起眉头："好好坐着，不准乱跑！"走到外面的餐厅，打开抽屉拿出一个药包，回来发现李四居然乖乖坐着，这才露出一丝笑容。

她用碘酒清洗了李四手掌上的伤口，挑出碎玻璃，再撒上消炎粉，最后用纱布包好。

李四看看包扎漂亮的纱布，由衷地称赞："林妈，你的手真巧，伤口也能包得像绣花。"

林妈得意地一笑："别看先生头脑聪明得不得了，平常却笨手笨脚的，经常弄伤自己，我给他治伤都治成习惯了。"

李四心中一动，林妈在陈家时日颇长，估计深知内情，不如趁机打探打探。

"哦？我以为照顾老板的应该是陈太太。"

林妈瞥了李四一眼，收好药包，叹了口气："我家先生这么好的人，偏偏遇到了一个扫把星，真真是个祸害！"

李四假装吃惊："老板那么温和斯文，我以为他的太太肯定是大家闺秀。"

林妈冷笑："大家闺秀不假，其他就难说了。"目光一转，盯住李四，"别在我面前耍花腔，想从我这儿探听先生的事儿？没门儿！"

"林妈你这么聪明，我哪敢虎口里探头啊。"李四赶紧拍马屁，"我只不过随口问问而已，关心老板也是我的职责之一。"

林妈半信半疑地看着李四："其实先生这几年过得太糟心了，太太就不说了，几个好朋友没一个有好下场，先生又是重感情的人，那份悲痛就不说了，在我面前还装坚强，夜夜失眠睡不着，背着我偷吃安眠药，瘦得不成人样，我又帮不了他，唉……"林妈伤感地抹起了眼泪。

没想到老板居然和自己同病相怜……

"放心吧，林妈，现在不是有我了吗？上海滩第一保镖。"李四大咧咧地抓过林妈摆好的卤肉塞进嘴里，"我保证把老板养得又白又胖，长命百岁，对得起他付给我的薪水！"

林妈意味深长地瞥了李四一眼，顺便将溜上桌准备偷吃的小猫拎到一边："口说无凭，看你以后的表现，要是先生在你手上出了事，小心我扒了你的皮！"

虽然林妈说得平淡，可是李四却忍不住打了个寒战，这老太太皮笑肉不笑，不是个好惹的主儿，万一陈奇真有个三长两短，扒皮或许不会，擀面杖伺候肯定少不了。

雪佛莱轿车装满了各种物资，李四正在用缆绳固定凸出来的货箱。

宋景弘铁青着脸，指着瘦猴似的吉祥："这又是谁?"

吉祥神气地一昂头："司机，厨子……"

"长工！"李四慢悠悠的声音传过来。

"要这个人来干什么？"宋景弘脸色很难看。

李四一叉腰："开车时间长了得换换人，出去办事的时候总要留个人做饭看行李，遇到流氓地痞也得有人出面打交道……"

"最后一桩不应该是李四先生你的职责吗？"陈奇抱着一堆书走过来，疑惑地看着李四。

李四简直要哀号了："老板，你还要带多少书？你不会想着把书房都搬上车吧？"

陈奇为难地看着手里的书："这些都是必要的资料啊。"

"车的载重是有限的。"李四强调。

宋景弘一指吉祥："不要他就可以多带几本。"

吉祥瞪了宋景弘一眼，转头看着陈奇："陈先生，我是江湖通，你以后会用得着我的，比那些只会耍嘴皮子的书呆子强多了。"

宋景弘大怒，正要反驳，突然"喵"的一声，小豹猫跃上了车，趴在方向盘上，无辜地看着大家。

李四呆了一下，转头问陈奇："老板，这猫不会成精了吧？"

陈奇看看李四，又盯着猫，不知在想些什么。

李四一把抱起猫，塞进吉祥的怀里："交给你了，要是猫跑了，我就揭了你的皮！"

"啥?"吉祥嚷了起来，"伺候人不说，还要伺候猫?你真拿我当长工使唤?"

"拿人钱财，与人消灾。"李四一伸手，"要不你还我预付的工钱!"

吉祥赶紧堆起笑脸："我最爱猫了，看着特别亲切。乖乖猫，到我这儿来。"探身进车去抱小猫。

哪知小猫"喵"的一声，纵身跳出车外，落在李四的身上，一双圆溜溜的绿眼睛瞪着吉祥，竟然一脸的鄙视。

吉祥看看李四，又看看陈奇，忽地一指小猫："喂，喂，这猫不是在嫌弃我吧?"

李四已经笑得浑身直抖："我觉得，你说对了，哈哈哈……"

宋景弘忍无可忍，喊道："你们这是闹的哪一出?这是严肃的科学考察，不是出去春游，你们能不能正经点?"

"够了!"突如其来的一声吼，吓得众人都闭上了嘴，林妈快步走来，一把夺过陈奇手里的书，"先生，你的脑袋就是个图书馆，用不着这些乱七八糟的书，李四，给我把书全卸下来，再多带点汽油、毛毯和食品，一小时后，出发!"

有林妈镇场子，谁敢说半个"不"字，乖乖地按照吩咐，装货完毕，车辆检修一遍，一切正常，大家分头上车。

"林妈，家里就交给你了，有什么困难……"

"找洪探长。"林妈抿嘴一笑，"我看哪，是洪探长有困难找我差不多，上次先生你不在家，他来了两趟，借了二百个大洋，到现在没还！"

李四将头伸出车窗："林妈，您一个女人在家，也要多小心，您就当那是保护费，保管不会有流氓地痞敢上门捣乱。听说东海那边水晶多，回头我给您捎几件首饰或是特产什么的。"

小猫从李四怀里探出猫头，扒着车窗，冲着林妈喵喵叫了几声，似乎也在告别。

"行了行了，小兔崽子嘴甜，哄我老太太空欢喜，拿东西回来再说。"林妈退后了几步，又看向后座窗口的陈奇，"先生，在外面一定好好照顾自己，不管遇到什么事，先保命要紧啊。"

陈奇点头，挥手作别。还没放下手，李四猛一脚踩下油门，雪佛莱轿车箭一般蹿出去，扬起的灰尘喷了林妈一头一脸。

"你个作死的小兔崽子，看回来怎么收拾你！"林妈揉着眼睛骂，嘴角却掠过笑意。

爱说爱笑、活泼捣乱，又不乏温柔细心的李四很对林妈的胃口，而李四，似乎也从林妈这里感受到了一种久违的母爱，这一老一少之间建立了奇特的感情，以至于李四竟然不敢面对离别。

这孩子潇洒不羁的外表下，有一颗柔软的心，只是，心中的负担太多，想要完全解脱，太难了……

林妈又想起了陈奇，儒雅文弱的外表下，却有着坚定的意志、不屈的灵魂，聪明过人，虽然遭受了一连串的打击，却更激发了勇气和斗志。

　　或许，他们两人，才是最佳搭档。

　　林妈望着汽车消失在远处的马路上，走过去关上了别墅大门。

　　陈奇从座位里挣扎出来，扯扯皱作一团的衣服。宋景弘更惨，眼镜不知掉到哪里去了，闭着眼睛在座位下面乱摸。

　　"李四先生，建议你放慢车速，毕竟，新车还没有经过磨合，这么开太危险了。"

　　李四一笑，减缓了车速，拱在他怀里的小猫睁开眼睛，"喵"了两声，把头缩进他的夹克里。

　　吉祥坐在副驾驶的位置，愤愤吃着一包梅干。竟然连猫都嫌弃他，这日子没法过了。

　　"这猫叫什么名字？"吉祥决定以后偷偷在心里给这猫扎小人诅咒。

　　"呃，不知道。老板，你的猫，你起名。"李四欢快地叫。

　　"啊？起名？"陈奇刚替宋景弘摸起眼镜儿，递到他手上，"一只猫，随便叫什么都行。"

　　"我观此猫头圆身长，气宇不凡，哪能随便叫。"李四笑得没心没肺。

吉祥忍不住了："没想到李四你还会给猫相面，行啊，下回我给你找根棍子，你领着这猫摆摊算命得了。"

"别瞧不起这猫，没准是个神物，妖魔鬼怪见了它一律绕行，有镇宅辟邪之能……"李四正在顺口胡说八道，突然眼睛一亮，"就叫辟邪吧，威风又神气。"

吉祥翻了个白眼："镇宅辟邪？我看哪，别招惹邪气上身就不错了。怎么瞧这猫都古怪，没准是妖怪附体……"忽然看见小猫圆溜溜的眼睛正瞪着自己，一只爪子已经亮出，赶紧闭嘴。

这猫似乎听得懂人话，果然邪门……

陈奇轻轻叹了口气："起了名字，慢慢就会有感情，有了感情，就会放不下。李四先生，我想，你不大可能照顾它一辈子。"

"辟邪是你的猫，照顾它一辈子可是你的事。"李四依旧满不在乎，仿佛没听出陈奇的弦外之音，"我这种人是没有前途的，指不定哪天就死在无人知道的地方，养宠物纯粹自找麻烦。"

陈奇心里一颤，不经意的一句话，却透露出无尽的苍凉与孤寂。

"你没有家人吗？"

李四握着方向盘的手一紧，一瞬间眼神有几分茫然，直视前方，似乎落在极遥远的地方。

"牛群！"吉祥突然大喊一声，惊醒了李四，他猛地一踩刹车，雪佛莱的轮胎发出刺耳的尖啸声，在距离牛群只有十几厘米的地方停了下来。

乡下老牛没见过这等奇怪的机器，也不害怕，哞哞地叫着，低头用角来顶，吓得吉祥又大叫："后退，后退！"

几秒钟的时间里，李四松刹车，踩油门，倒车，迅速后退，老牛的角顶了个空。

"好好的马路，放什么牛啊。"吉祥无奈地摇头。

陈奇看了看窗外："已经到了郊区，乡下人不懂交通规则，只知道有路就走，也怪不得他们。"

李四也看了看窗外，那放牛的小娃挥舞着鞭子，对着汽车大喊大叫，似乎十分气愤。

李四意味深长地看了一眼吉祥："不想下去会会朋友？"

吉祥呸的一声："敌不动，我不动，老子不吃眼前亏。"

一直没作声的宋景弘突然说："你们的意思，附近有埋伏？"

"十几双眼睛盯着我们呢。"李四从怀里扯出辟邪，随手扔给陈奇，抄起两把驳壳枪，"老板，捂好耳朵，有点吵啊。"

他推开车门，一跃下车，甩手连发十几枪，周围的草丛、树梢突然发出嗷嗷的叫声，紧接着扑通几声，树上摔下几个人来，一个个痛苦地抱着腿打滚。

那放牛娃惊呆了，号叫一声，扔了鞭子，拔腿就跑，牛也不要了。

吉祥早已迅速地换到驾驶座上，李四拉开后车门，刚蹿进来，雪佛莱已呼啸着冲向前路。牛群被枪声惊了，乱跑乱奔，反而把道路让了出来，雪佛莱轻轻松松闯了过去。

陈奇虽然吓得脸色苍白，仍不失镇定："李四先生，你刚才打的是什么人？"

李四紧紧地挤在陈奇身边，漫不经心地说："大概是一直想绑架你的人吧。老板，趴低点，枪子儿可不长眼。"一把搂着陈奇的肩膀，俯下身去。

后面的子弹打在汽车上，啪啪作响，吓得宋景弘也弯下腰，躲在座位之间。吉祥个头矮小，缩着脑袋开车，倒也安全。

很快枪声稀疏下去，直到听不见，众人松了口气。吉祥拍着方向盘，兴奋地说："新款雪佛莱小汽车果然马力强劲，这么快就甩掉尾巴了。"

李四向陈奇眨眨眼："老板，这下不会说我乱花钱了吧？"

陈奇扶了扶眼镜，抱着辟邪，绷着脸说："李四先生，我建议你不要做危险的事，刚刚你一人对十几个人，很有可能寡不敌众，万一出了什么事，我怎么向洪探长交代？"

李四愉快地笑了："老板，你这是在关心我吗？"

"我不是不近人情的老板，无论什么情况，首先考虑的是我员工的人身安全。"

李四托腮作沉思状："这样啊……不如涨我的薪水吧，

要求不高，一倍如何？”

宋景弘生气地说："李四，不要得寸进尺！"

"老板愿意涨我的薪水，关你什么事？"李四一脸无辜地转头看向陈奇，"老板，薪水。"

"好好，涨就涨。"陈奇赶紧按住即将暴跳的宋景弘，"钱财乃身外之物，只要人人平安就好。"

李四和吉祥轮换开了一天，傍晚时分，车已开到嘉兴地界。正值清秋季节，夕阳的余晖倒映在路边的小河中，波光粼粼，明灭闪烁。残荷犹绿，野菊正黄，风景格外幽丽。

车突然拐了个弯，开到一处开阔地停了下来。李四熄了火，跳下车，大大地伸了个懒腰，舒展憋屈了一整天的四肢："这地方不错，就地宿营。"

"什么？"跟着下车的宋景弘差点瞪掉眼珠子，"放着好好的旅店不住，要住荒郊野外？你有毛病啊？"

李四绕到车身后检查损伤情况。车厢有几个洞眼，后保险杠打出了几个凹痕，虽说是老板的车，也不免有几分心疼。

宋景弘见他不回答，更加生气，走过来猛地抓住李四的胳膊："你给我解释清楚，是不是有什么企图？你胆敢对教授起歪念，我绝不会放过你。"

李四不耐烦地甩开宋景弘的手，根本懒得理会，转头看见陈奇不赞成地拧着眉毛，紧抿着嘴唇，一脸"请解释"的表情，只好耸耸肩膀："老板，我敢打赌，追踪你的人肯定不止我们遇到的那一批，只怕有人正在旅店等着我们自投罗网。不如随便选个地方，让他们竹篮打水一场空。"

吉祥走过来拍拍陈奇："放心吧，那家伙是老江湖，鬼精鬼精的，只有他坑人，谁都坑不了他，比如我，出了名的花……咳咳，花花太岁，还不是栽在他手里了。"嘴巴溜太快，差点报上绰号，赶紧临时改口。

陈奇想了想，同意了："也好，李四先生，请你去搭帐篷，吉祥先生，请你去找干净的水，我和景弘负责做饭。"

李四"噗"的一声笑："算了，我来做饭吧，老板你十指不沾阳春水，让你烧锅做饭？我怕林妈知道了会宰了我。"转身拉吉祥嘻嘻哈哈地去干活了。

宋景弘深深地吐了一口气："先生，也许你会觉得，我这么怀疑别人很不好。可是，当初姜先生也是和您一样善良，结果错信匪人，才不幸……"

陈奇不由自主地一颤，目光投向远方。此时暮色四起，江南水乡烟雾缭绕，风过处，送来微弱的桂花香，深蓝的天空亮起了第一颗星。

宋景弘转身看着陈奇，诚恳地说："先生，我实在不希望您有什么意外，五位老师，现在只剩下您一个人，我对着姜先生发过誓，哪怕性命不要，也会保护您。"

陈奇心中感动："景弘，你只要保护好自己就可以了，我能照顾我自己，何况我还有一个保镖……"

宋景弘冷笑："那个不靠谱的保镖……"忽然想到保镖曾经双枪力敌十余人，后面的话就咽了回去。

"喵……"柔软的猫叫声在脚边响起，陈奇低头一看，辟邪正在蹭他的裤腿，顺手抱了起来，揉着它的后颈。辟邪毛茸茸的脑袋蹭过他的下巴，带着温暖的一点痒，似乎熨帖了孤独的心灵。

李四果然手脚麻利，一个小时不到，搭好两个帐篷，汽油炉上的菜也煮好了，虽然只是蘑菇、青豆煮火腿，但是配着熏鱼和鸡肉罐头，还算丰富。

主食是光饼，大家围坐在汽油炉边开饭。陈奇和宋景弘都很斯文，吉祥和李四狼吞虎咽，吃相一点也不文明。

陈奇捡了几块熏鱼喂辟邪，小猫吃得直哼哼，对李四丢给它的鸡肉也很有兴趣，吉祥赶紧把剩下的荤菜扒拉进自己的嘴里，嘀咕着"这猫吃太多"，遭到了辟邪的抗议。

突然，远处传来几声狼嚎，辟邪一跃转身，冲着黑暗低低地咆哮，浑身的毛都竖了起来。

一时间，周围静寂无声，挂在树梢上的风灯摇晃着，火焰明灭不定，格外诡异阴森。

李四一口吃完手里的饼，轻松地说："没事，狼离这儿远着呢。这样吧，老板你们放心去睡，我和吉祥轮流值夜看守好了。"

吉祥嚷道："又是我?"

李四瞪了他一眼："不是你,难道让老板守夜?算了,我守上半夜,你守下半夜,白天车上补觉去。"

吉祥嘀嘀咕咕,也只好同意。回头再看那惹事的猫,已经吃饱喝足,蜷缩在一边舔爪洗脸,浑然不知又让吉祥多了一个差事。

饭后,李四将饭盒等洗涮干净,拿出睡袋,分给其余三人。很自然地,陈奇和宋景弘住一个帐篷,李四和吉祥合住一个,泾渭分明。

虽然是江南,但到底是秋天了,夜里寒意渐浓,李四熟练地点燃篝火,一来防寒,二来驱逐野兽。辟邪伏在火边,盯着火焰看,一脸的好奇。

李四往火堆里扔了几根树枝:"听说动物也有通灵的,你真能听懂人话?要是你知道我的意思,就'喵'一个?"

辟邪抬头看看李四,敷衍地摇了摇漂亮的长尾巴。

"没想到李四先生也有天真烂漫的时候。"陈奇不知何时走了过来。

李四将垫着的油布拉开来,陈奇顺势坐了下来,伸手烤火。

"以我行走江湖多年的经验来看,这猫不简单。"

"是啊,伴随着血月亮出现的人和物,没有一件是简单的。"

李四笑了起来:"老板的意思,也包括我?"

陈奇侧过头，看着李四。火光映照着他的侧面，更显得这个年轻人轮廓分明，鼻梁高挺，俊朗过人。

高大英俊，身手不凡，又洒脱不羁，人人都看到了李四光鲜的那一面，却很少注意到他眼中的阴郁与森冷，以及，执着与疯狂……

宋景弘的怀疑不是没有道理，这样一个可能扬名上海滩的英雄人物，为什么要做一个普通教授的保镖？

"每个人都有自己的故事，如果李四先生不介意，能说来听听吗？"陈奇忽然换了个话题。

李四嘴角微微一扬："我？孤儿，东混西混，就这么长大了，跟过几个师父吃江湖饭，趁着年轻当几年保镖，攒点钱，以后娶个媳妇，生几个孩子，一辈子大概就这样了吧。"

陈奇默然，大部分人的一生也不过就寥寥数十字，平淡无奇之极。

"老板，不如说说你吧。"李四将剩下的树枝都扔进火堆，强健的臂膀在空中划出优美的弧线，"我对你可是一无所知。"

陈奇望着篝火，脸上却闪过茫然的神情："自从我有记忆以来，就是读书，直到考上燕京大学。育林当时是助教，负责给新生上课，我们相识之后，志趣相投，对考古的见解也很相似，很快成为知交好友。后来我和他一起出国留学，一起租房，一起旅游探险，那一段日子，真是意气风发。"

李四扭过头，注视着陈奇，眼神里带着几分羡慕："听上去你们感情很好。"

"亲如兄弟，他是我这一生最大的良师益友。"陈奇的声音微有一丝颤抖，"一直以来，都是他在照顾我，谁想到，他会英年早逝……"

陈奇垂下头，慢慢抬起一只手，捂住了脸。

李四默然，从怀里掏出一个银质扁酒壶，递给陈奇。

陈奇心中悲伤，随手接过来，拧开盖子喝了一口，顿时呛得大咳。

"咳咳……这是什么酒？这么烈？"

李四无辜地眨着眼睛："土制的高粱酒，一口下去，包你快活似神仙。"

陈奇将酒还给李四："我还是习惯喝黄酒。"

"老板你真讲究，不是黄酒就是红酒，我们是大老粗，喝这个才过瘾。"李四一仰脖子便喝掉了半壶。

陈奇出神地看着李四，不知想到了什么。

李四奇怪地放下酒壶："有什么不对吗？老板你准备研究我的脸？"

陈奇露出一个小小的笑容："你这爱酒的脾气，倒让我想起了颜高鹤。虽然他是个文人，可是秉性豪爽，喜欢大碗喝酒，大块吃肉，做事也是虎虎生风。我们都说，他不该当教授，应该当梁山好汉。"

"听说他失踪了？老板，这是怎么回事？"

陈奇叹了口气："高鹤的精力体力极好，喜欢东奔西走，嫌我们这几个文弱不中用。五年前，一个人要去考察骊山，结果，一去就再也没了消息。"

"骊山，那是什么地方？"

陈奇哭笑不得："骊山你也不知道？那是秦始皇陵所在地，中国所有考古学家心中的圣地。"

"老板，我没念过几天书，鬼才知道什么骊山……"

一句话没说完，李四突然打了个手势，单膝跪地，已转成警戒姿势。原本趴在地上打盹的辟邪也站了起来，弓起腰，冲着帐篷的方向"嘶嘶"地叫着，浑身的毛都炸开了。

李四翻腕从腰间抽出驳壳枪："老板，坐在这儿别动，我去看看。"

"不，我跟你一起去。"陈奇一把抓住李四的胳膊，神情坚定。

李四心念电转："也好，跟在我身边有个照应。"

两人迅速向帐篷跑去，辟邪的速度比他们俩快得多，箭一般直蹿进吉祥的帐篷。

突然，"嘭"的一声响，一团极亮的光炸开。黑暗中，李四和陈奇的眼睛无法承受如此强大的刺激，本能地闭目。

李四反应极快，立刻卧倒，顺势将陈奇也拉倒，直到那团强光消失。

"老板，怎么样？"

"我……我不大看得见……"陈奇一介文人，反应没有李四快，眼睛还是被强光闪到了，十分疼痛。

李四强行睁开眼睛，只见一片黑暗，看出去什么都是模模糊糊的，晃动重影，感觉一阵阵眩晕。

他到底年轻，又是练家子，甩甩头，便跳了起来，不顾眼前发花，几步便抢到了帐篷前，刚一掀帘布，忽然一道冷风刮了过来。

李四不及细想，一侧身，抬腿就是一脚，满以为一击必中，谁知竟踢了个空，结果一个大步踩过去，差点扭了腿筋。

没等他站稳，背后又是一道劲风，李四反手一掌，直接迎上。他的力气很大，精于格斗术，只要碰到对方的手，立刻翻腕一扭一送，本领再大的人也吃不消这一记。

谁知这一掌仍如泥牛入海，打了个空，好在李四已经有了经验，立刻顺势矮身，向后跳开。

黑暗中，他的眼睛还不能看清楚，只是隐隐约约看见一个黑影，一闪而过，速度极快。

李四忽然想到，打斗这么大的响动，怎么帐篷里的吉祥毫无反应？心中感觉不妙，大叫："吉祥，吉祥！"

叫声在空旷的荒野上远远传开，好似落入大海的一滴水，很快就消逝无踪。

周围一下子寂静下来，连虫鸣声也没有一丝，黑暗如浓漆一样沉重，李四只听见自己的呼吸声，在寂静的环境中显得格外响亮。

突然，又一股冷风袭来，李四大喝一声，一脚踢起地上的尘土，向冷风扑去。果然，冷风倏地消失了。

就在这时，一道笔直的光柱猛地亮起，直直照了过来，正好映在那偷袭者的脸上。

李四不由得目瞪口呆，对方脸色惨白如鬼，神情僵硬，赫然便是吉祥！

陈奇踉跄着走来，举着手电筒，见到李四与吉祥对峙，不禁也呆住了。

吉祥趁他们发愣的时候，又猛地扑过来。别看他瘦小，身手却很精悍，一套猴拳耍得精熟，更兼招招狠毒，分明是想置李四于死地。而李四反而处处顾忌，束手束脚，很快落了下风。

陈奇站在一边，急得干跺脚，帮不上忙，只好大叫"吉祥"。但是吉祥充耳不闻，瞪着血红的眼睛，拼命追杀李四。只是李四身手也颇为了得，左闪右躲，吉祥一时也近不了身。

吉祥久战不下，突然变得暴躁狂怒，"嘀嘀"地叫着，仿佛变成了一只野兽，眼中射出疯狂的光芒，在月光的照射下，竟然开始变得血红。

"李四，他被什么控制了。"陈奇终于瞧出了不对劲的地方。

李四一愣，猛地举枪对准了吉祥，手指却没扣扳机。打中吉祥不难，难的是，在这种情况下，怎么才能做到伤害最轻？

就在这一迟疑间，吉祥猛扑上来，竟对准李四的胳膊狠狠地咬了下来，那神情居然和抓住猎物的野狼一样，嗜血而凶残！

李四用力一甩胳膊，没想到吉祥不知怎的力气大了几倍，一下子没甩开，眼看就要被吉祥咬到，吓得陈奇失声惊呼。

猛然间，一声凄厉的猫叫，辟邪凌空跃起，猫爪一抡，"唰"地扫过吉祥的脸，划出重重的三道血痕。

"嗷嗷嗷……"吉祥痛得大叫，松开两手，捂住了自己的脸，原地乱跳。

陈奇抢上来拉住李四，急问："你……你没事吧？"

李四嘻嘻一笑："老板，你花二百个大洋……不，四百个大洋雇我当保镖，这点小事我都对付不了，你可以立马开除我。"

"这个时候你还有心情开玩笑？"陈奇脸一沉，心中大石却落下了。

"该死的猫，竟然挠我！"吉祥一抬头，发现李四手里的枪耍了个花活，对准了自己，吓得脚都软了，"你……你干吗拿枪指着我？"

李四吹了声口哨，收起枪："回魂了？"

"我干了啥？"吉祥迷惘不已，"睡得好好的，一睁眼就被猫挠了。"

一语提醒了陈奇："景弘！"拔腿向另一个帐篷奔去。

李四几个纵步就抢在了陈奇前面，万一宋景弘也跟吉祥一样发疯，他的金主可就没了。

撩起帐帘一看，不禁呆住了。

"景弘怎么了？"陈奇探头一看，也呆了。

帐篷里空无一人。

陈奇不敢相信自己的眼睛，傻愣愣地弯腰钻进帐篷，晃着手电到处照。李四动作比他快得多，早围绕着帐篷奔跑了一圈，根本没有发现任何人影。

不知何时，浓雾渐渐升腾起来，月光越来越稀淡，朦朦胧胧，恍惚不明。李四打了个冷战，忽然想起戏院里发生的事，不禁冷笑一声，又想故技重施？也太小看他鸽子李四了。

李四摸了摸腰间，幸好研究出来的护身杀器带了一个，于是摘了下来，一拉引线，猛然掷出，"砰"的一声大响，一道光亮腾起，然后刺鼻的气味便迅速弥漫开来，极为呛人。

顿时，黑暗中响起了呛咳声，李四早已掏出手帕捂住口鼻，侧耳细听。他耳力惊人，立刻听出，吉祥的咳嗽声伴随着叫骂，而陈奇在这种情况下依然十分斯文，只是小声地咳着，而第三个咳嗽声……

李四猛然举枪，向着第三个咳嗽声连开数枪。

一声极短促的呼叫响起！

笼罩在四周的浓雾和黑暗倏忽如潮水般退去，月亮重新照耀在大地上。

李四急奔了几步到发声处，四处张望，却没看到人，空气中遗留着一丝血腥气。

陈奇匆忙跑来："找到景弘了吗？"

"没有，我猜，刚才有人麻痹了我们的神志，带走了他。"

吉祥边咳边走过来问："你扔的是什么破玩意儿，这么呛？"

李四咧嘴一笑："上次我吃过一次亏，后来想到，通常出现幻觉代表着我们可能吸进了某些特殊的粉末，这也说明对方不可能离我们太远，因为粉末飘散起作用的范围有限，所以，我就做了个烟花，放了硫黄、辣椒粉之类的东西，干扰对方，看来挺有用的。"

陈奇边听边点头："有道理，刚才你是不是开枪打伤了人？"

李四拿过陈奇手中的手电筒，照了照地面："这里有血，至少子弹擦伤了那个家伙。"

陈奇大声问："万一景弘在他们手里，你没想过会误伤了景弘？"

李四一愣，这问题他根本没想到。

陈奇还想说什么，却又忍住了，脸上露出悲伤的神色，转身慢慢向帐篷走去。

吉祥感觉气氛不对，缩了缩头："抓那个学生有什么用？教授不是更厉害吗？"

一语提醒了李四："老板，那些资料！"

果然，帐篷里已经找不到放着笔记资料的皮包。

笔记是由宋景弘带来交给陈奇的，所以对方才掳走了宋景弘以及所有的材料，却没料到笔记是由古文字书写，除了陈奇，根本没人能看懂。

李四不死心地又在周围巡查了一遍，只发现一行极淡的脚印和零散的血迹，追到大路上就消失了踪迹。显然有人劫持了宋景弘到这里，乘坐汽车离开了。

听完李四的话，陈奇呆呆地凝视着帐篷，眼神空洞。

"老板，别担心，在资料没有破译之前，我猜宋景弘都是安全的。"李四不忍心看陈奇那种绝望的表情，出言安慰。

但是这并不能减轻陈奇心中的愧疚和难过，宋景弘的失踪令他想起了逝去的几位挚友，生命是如此脆弱，不堪一击，不经意间便消失殆尽。

冷静，陈奇，你要冷静，仔细想想，从事情发生到现在，究竟遗漏了什么？

陈奇闭上眼睛，无数片段在大脑中闪过，混乱而不连贯，就像错误放映的电影。

"一切缘于血月亮。"陈奇抬头看着天空，月亮已经落下，朝阳正在升起。

"什么?"李四没听懂,心里嘀咕着老板是不是被吓傻了。

陈奇似乎下定了决心,脸上浮现出坚毅的神情:"你说得对,对方想要破解资料的秘密,就必须留着景弘来交换,所以他暂时没有生命危险。"

"你的意思是,我们不用留下来找他?"李四反应很快。

陈奇眼中闪过一道亮光:"一直以来,我们只能被动应对各种事情,被他人牵着鼻子走,如今,必须化被动为主动……"

李四一拍大腿:"我明白了,好比练迷踪拳,不知我从哪里出击,自然一击必中。"

陈奇含笑点头,李四虽然说不出大道理,却能理解其中的含义,果然是个人才。

吉祥莫名其妙:"你们打啥哑谜呢?我一句也听不懂。喂,这回我的脸算是破相了,以后可怎么找女人。"忍不住又摸了一把脸,疼得直吸气。

一语提醒了李四:"辟邪呢?"

大家左右四顾,才发现猫不知道跑哪儿去了。

李四和吉祥一起看向陈奇。

陈奇想了想:"不能耽误时间,我们尽快赶到杭州海湾的小岭村,到时一切自有答案。辟邪颇有灵性,将来也许能给我们一点惊喜。"

吉祥一声欢呼:"太好了,终于不用伺候猫大爷啦。"

第五章

　　寒风凛冽，乌云满天，昏暗的大海似乎愤怒了，从万丈海底发出骇人的吼叫，掀起滔天巨浪，轰鸣着拍向陆地，摔碎在沙滩上，震撼得大地都在颤抖。

　　天地间仿佛万物都被抛弃了，只有一辆雪佛莱轿车艰难地行驶在泥泞的土路上。车原来的模样早已看不出来，车身几乎全部被泥土覆盖。

　　远远的红色的微火闪过，游荡的野狗惨厉的叫声夹杂在狂风中，不时地传到耳中。

　　驶进小岭村的时候，大雨终于倾盆而下，白茫茫的一片，雪佛莱好像天地间一只渺小的蚂蚁，随时会被洪流吞没。

　　"老板，雨太大，路也差，再开下去容易出事，不如找个地方先歇脚？"李四踩下了刹车。

　　陈奇一个激灵，停在这里？他向外看去——白茫茫的一片，什么也看不清，雨下得更加大了，简直像瀑布倾泻一样。雨漫天飞舞，如无数支利箭疯狂地射在车身上，突然间一道闪电划过长空，耳边霹雳一声巨响，天地就宛如一只面目狰狞的怪兽，一转眼就可以将雪佛莱全部吞噬掉。

陈奇伸手扶了扶眼镜，现在没有别的办法："好，就在附近找个地方休息吧。"一边说，一边准备去推车门。

手上忽然一紧，一只有力的手拦住了他。陈奇疑惑地抬头看着李四。

"老板，这种杂事不用你操心。"李四懒洋洋地道，顺手一推副驾驶座上的吉祥，"喂，轮到你上场了。"

吉祥一惊而醒："干吗？"

"去找落脚的地方！"李四连看也不看他。

"什么？"吉祥一声怪叫，"这么大雨，你们都当老爷，偏叫我出去跑腿？这还有天理没有啊？……"

"十个大洋。"李四冷冷地抛出一句话。

惨叫声戛然而止。

"去！去！出去办事打交道，那都是我分内的事，哪能劳动你们的大驾呢？"吉祥马上满脸笑容，一溜烟蹿了出去，仿佛那不是在狂风暴雨中出去找地方，而是在霞飞路上逛大街。

"这算是有钱能使鬼推磨的现实版吗？"陈奇喃喃自语。

李四回头向陈奇眨了眨眼："只要有钱，吉祥就是万能管家，天上的月亮都有本事给你摘下来……他两个大洋就能办成这事，其他的自然都是他的了。"

"那你呢？"陈奇脱口问道。

"我？老板，你觉得我和吉祥有区别吗？大家都是拿钱替人消灾的……"李四略为一顿。

"不，你不同！"陈奇摇头。

"老板，你对我太有信心了。我接这份差，可是看在你给的高薪的分上！"

"李四，你绝不是一个为了钱的人！"陈奇断然道。

李四脸色僵了一僵，又微笑起来："老板，你不了解江湖！"

两人突然陷入了沉默，各自看着窗外。车窗外电光不时地闪过，炸雷的响声不时地滚过，震得耳朵发麻。

"砰"的一声，淋成落汤鸡的吉祥突然蹿了回来："前面那户人家同意把房子包租给我们了，茶饭也安排好了，咱们赶紧走。"

李四发动汽车，慢慢向前开去。

约莫行驶了二十多米，汽车停在了一户人家门前，三人下车进屋。短短几步路，就被大雨淋了个透湿，从里到外都流着水。

"老田，老田，火盆点了没有？"吉祥抖着身上的水，一进门就大嚷。

屋内静寂无声，暗沉沉的，桌上放着热腾腾的米饼和咸菜，堂屋正中摆放着一个火盆，炭火已经升起，发出红色的微光，却不见主人。

"人到哪里去了？"吉祥疑惑地转了转。

李四脱了上衣拧水，精壮结实的上身布满了伤疤，心口正中有一个碗口大的疤痕，肉棱虬结，看上去十分可怖。

李四发现陈奇盯着自己的心口看，笑了笑："以前受的伤，差点没命，养了半年的伤才好……"声音渐低，一丝温柔与怀念瞬间闪过眼眸。

陈奇愣了一下："抱歉，我并没有追问的意思。"转开目光，心里忽然想起，这道伤疤可能与李四曾经提过的芸有关……

吉祥里里外外找了一圈，依旧不见人，不禁有些发毛："怪了，刚才还在这儿，怎么这一会儿的工夫，人不见了？"

李四突然问道："吉祥，老田长什么样？"

"五十多岁的老头，个子不高，面目黧黑，看上去粗壮结实，神情像寻常乡下人一样木讷，操着一口土话……"吉祥边回忆边说，"难道他不等雨停就搬走了？"

"别胡扯！"李四从腰间拔出手枪，"这不可能。唯一可能的是他布置了陷阱，或者是他妨碍了别人布置陷阱。"

陈奇一直紧盯着桌上的米饼看，李四几次招手示意他跟在自己身后，他也没看见。

李四头也不回地道："老板，再饿也不能吃……"

陈奇忽然说："李四先生，你看，米饼上有灰。"

"有灰又怎么了？"李四心中一动，眼光一闪，却见灰尘均匀地落在米饼上，像是摆好了饭菜之后故意撒了一把灰似的。

陈奇和李四同时抬头向上看去，房梁上趴着一个五十多岁的老头，大睁着眼睛，四肢脖颈都被绳索紧紧勒住，面目扭曲，似乎仍在竭力挣扎。

吉祥看见两人奇怪地仰头望天的模样，好奇地也一抬头，顿时目瞪口呆。

大雨仍在瓢泼似的下着，猛然一道极亮的闪电从天边游过，紧接着一声霹雳，平地炸响，震得人人心神动荡，耳中嗡嗡直响。

李四倒吸了口冷气，如此短的时间里，竟然杀人于无形，凶手不仅胆大，而且手法也极快，不是寻常之辈。

陈奇猛地抓住李四的手："快上去看看有没有救。"

李四几个纵步跃上房梁，拔出匕首割断绳索，抱住老田跳了下来，伸手一探颈动脉，摇了摇头。

陈奇露出悲戚的神情，沉默片刻，伸手轻轻阖上了死者的眼皮。

"身体还是热的，死亡时间不超过二十分钟。"李四站起身，"吉祥，你当时跟老田说了什么？"

"啊？我想想。"吉祥抓了抓头，"我说花两个大洋租他的房子，他很高兴地答应了，说是刚从女儿家探亲回来，天上就掉财运了，急着拢火盆什么的，还说这米饼咸菜是他的午饭，一并送给我们吃。"

"看样子，吉祥才出门，有人就摸进来杀了老田。"李四摸着下巴思索，"我不明白，杀一个乡下老汉，究竟为了什么？"

吉祥只觉得不寒而栗，万一自己迟走一步，岂不是同样也变成了尸体？

陈奇闭上眼睛，愧疚如潮水般涌了上来，身边徘徊不去的死神带走了一个个至爱亲朋，也连累了这位素不相识的老人……

一只手轻轻在他的肩膀上拍了拍，低沉悦耳的声音在耳边响起，轻柔如微风："老板，不要自责，这不是你的错。如果要算账，那也是凶手犯下的罪恶。只要抓住凶手，就能为老田报仇。"

奇迹般地，这声音安抚了心灵，涌起的黑暗情绪退了下去。陈奇抬起眼睛，正好对上李四深邃幽黑的眼眸，那里面有安慰，有温情，也有坚定。

"李四先生，你说得对，只有报了仇，那些无辜的人才不会枉死。"陈奇的声音很平淡，但却有着一种说不出的决绝。

李四心头升起一丝不安，这平日文弱的教授今天倒像是要上战场的大将，有一种令人震惊的威凛之气。

突然，一丝极微弱的声响传入耳中，李四脸色一变，倏地跳起，旋风也似奔向后院。

"凶手！"吉祥也反应过来，随后追去。

转眼之间，房间里只剩下陈奇，和一具尚未僵硬的尸体。

冷森森的风从屋外卷进来，带着尖厉的啸声，说不出的阴森诡秘。

陈奇不禁毛骨悚然，急起身退后几步，老田布满皱纹的脸上犹自带着几分笑容，仿佛随时要开口说话。

在"留在原地等待"和"追上同伴"之间犹豫了几秒钟，陈奇毅然转身向后门跑去。

雨势已弱，细雨蒙蒙，雾气却更加浓重，陈奇近视，雨水打湿了眼镜，看出去朦胧一片，擦也擦不干净，只能根据泥地上的脚印辨认方向，走了十几丈，转到了村中的青石小路，雨水冲去了脚印痕迹，无从追寻。

"李四先生，吉祥先生……"陈奇放声呼喊，却听不见回答，只有风雨呼啸之声，越发显得空旷寂静，仿佛天地间只剩下他一人。

从未有过的惊慌无措涌了上来，陈奇惶惶然原地转了两圈，意识到不对劲：偌大的村子，非但没有人声，竟然连狗叫也听不见！

陈奇一咬牙，向最近的人家走去。这家大门敞开着，同样寂静无声，陈奇里里外外找了一圈，一个人影也没有。

心头的不安越来越强烈，他忍不住奔跑起来，不停地从一家跑到另一家。全村二十几户人家，竟然全是空的！

陈奇倚在石墙上，大口地喘气，这里究竟发生了什么？

村里的其他人呢？李四和吉祥又去了哪里？

突然，他的目光被路边的井吸引住了。

那是一口普通的井，井栏以汉白玉砌成，使用年代已久，井壁被绳索勒出了深深的沟壑，像时光在人间留下的皱纹。

井里的水距离井口约有七八尺深，水面倒映出一小方天空和陈奇的身影，水波剧烈地晃动着，将陈奇的脸揉成粼粼的碎片。

不知为什么，这井似乎有一种神秘的力量，吸引着陈奇紧盯着水面，甚至不知不觉产生了强烈的念头：跳下去……

跳下去，你就会知道所有的秘密……

冲动越来越强烈，陈奇忍不住伸手去碰触水面，清凉感从指尖一直传到心脏。

陈奇惊奇地张大了嘴，就在短短几分钟的时间里，井水竟然已经上升到井口了！

冷风飒然，从身后掠过。

陈奇猛地回头，却什么也没看见。

"谁？"陈奇大声问，却掩不住声音的颤抖。

一种奇特的香味顺风传来，陈奇抬眼望去，雨雾中，一个窈窕的身影若隐若现，仿佛在向他招手，一转眼就消失了。

陈奇微一迟疑，便跟了上去，即使这个陷阱是为自己准备的，只有踏进去，才知道真正的幕后主使是谁。

一只细长的黑色物体从井口一晃而过，随即消失了。

只要在路口处，那人影便显出身形，似是在指路。陈奇横下一条心，倒也不惧怕。一路都是向上，越走越高，远远高崖处，一座建筑隐约露出轮廓。

"祠堂！"陈奇失声叫了起来，快步向前。

高大青黑的祠堂逐渐从雨雾中显露出来。原来祠堂建在极高的悬崖边，下面便是深海，一道道浊浪排空，铺天盖地拍击在石壁上，溅起两丈多高的水花。一浪过去，又一浪扑来，高如垒墙，直挺挺从空中拍下来，气势惊人。

同时，一阵奇特凄厉的啸声传来，应和着澎湃激烈的海浪，在天地间遥远地回响，充满了沧桑古朴。

雾气忽浓忽淡，猛然，狰狞丑恶的傩面直逼眼前，惊得陈奇"啊"了一声，浑身冷汗直冒。

一对对傩面人在陈奇面前左右穿插而过，将他团团围住，边挥舞刀剑，边吟唱，歌声沙哑低沉，古朴而粗犷。

陈奇被绕得头晕眼花，想从人丛中挤出，却四处碰壁，跌跌撞撞。正在惶恐间，忽然一对傩面人挤到他身边，簇拥着他分开人群，一直走上崖边最高的石台。

石台由一块巨岩切割成正圆形，正中竖着一根旗杆，上面悬挂着一面黑旗，旗面上绣着一条金龙，张牙舞爪，形态威猛，甚是奇特。

陈奇倏地明白过来："海祭！"

海祭是海边渔民每年拜大海、祭龙王，以祈祷一年四季风平浪静，渔获丰收，有时遇到天灾，如台风海啸之类，也会举办海祭，献上珍贵的祭品，祈求海龙王宽恕人类的罪过，免除灾难。

珍贵的祭品？

陈奇猛地醒悟过来，刚想挣扎，两个傩面人已各自拿着一截镣铐，"咔"地锁住了陈奇的双手。

原来，这个陷阱是为了捕捉海龙王的祭品！

"呃……"李四发出一声呻吟，从窒息般的噩梦中逃离，这才感觉全身疼痛，仿佛被按在地上痛揍了一顿似的，连移动一下手臂都很困难。

睁开眼，漆黑一片，黑得伸手不见五指，没有丝毫光线。

耳边传来水声，发觉自己整个人半浸在水中，他抽了抽鼻子，有海腥味、霉烂味，空气湿闷，似乎身处在某种洞穴中。

李四活动了一下手脚，慢慢探索着爬起来。潮湿滑腻的石壁证实了他的推测，他甚至摸到了一只海蟹，于是毫不客气塞入嘴里大嚼。

越是艰难的处境，越要保持良好的体力，否则哪有精力应付不可知的危险？

他怎么落到这种狼狈的境地中？

记忆渐渐回到脑中。在老田家，他感觉到了有人窥伺，立刻追出来，不料对方动作相当快，他只看见一个一闪而过的背影，只能凭着猎人一般敏锐的直觉追赶，直到村子的一角，然后失去了对方的踪迹。

他在周围盘查了一圈，没有发现异样，然后就听见了一声呼救，一抬头，发现一口水井露出吉祥的脚。他想也没想，飞身扑上去一把抓住吉祥的脚腕，再然后，就被拖进了水里……

吉祥在哪里？

李四猛地扔掉吃剩的海蟹腿，大声呼叫："吉祥，吉祥!"

四面八方立刻传来嗡嗡回声，震得耳鼓轰鸣。

瞬间，一条冰冷黏腻的手臂缠上了李四的脖子，猛然收紧，顿时勒得他喘不上气来。

李四训练有素，反手就去拔枪，却摸了个空，两把枪不知什么时候已经失落了。

只是这刹那间的耽误，李四就被勒得眼冒金星，袖中的匕首已经滑落进手掌里，手臂却抬不起来——又一条冰冷条状物勒住了他的腰和手臂。

李四急中生智，尚能动弹的左手迅速接过右手的匕首，在极度缺氧几乎昏迷前的一刻，猛地一刀刺向身后。

刀尖刺在了一个坚韧光滑的物体上，顺势一滑，那团物体也似乎被戳痛了，迅速收缩。李四向前一挣，脚下绊到了一块石头，一个跟跄跌进水里。

水流瞬间变得湍急，卷着李四向前流去。

咸涩的滋味充满口腔，李四挣扎着从水里冒出头来，海水？

没等他想明白，水流突然消失了，李四一不留神，趴在了水底。

恍惚之间，眼前似有星光闪烁，抬头看时，禁不住"哇"了一声，起身站直。

这是一个极大的地下大厅，约有三亩大小，经过亿万年海水的冲刷淘空，变得浑然天成，穹顶有许多缝隙，漏下光线，斑驳的光斑在石壁上闪耀。藤蔓青苔争先恐后追逐着光线生长，风过处，到处飘拂不定。地面反而是最崎岖的，一层层铺满了贝壳螺壳之类尖利的东西，光线映照，闪着明灭不定的光芒。

李四弯腰捡起一个圆形闪光的小东西，对着光线照了照，不禁脱口而出："珍珠？"

他反复查看，确定是一粒东海珍珠，约有龙眼核大小，难得十分浑圆。在上海的珠宝店里，此珠起码值一百个大洋。

可以确定一点：这个大洞穴必定与大海相连通，涨潮的时候将海底珠贝之类的东西带了进来，然后积留于地，慢慢将极深的洞窟填满，地面一点点升高，直到今天这个位置。

突然，一声微弱而又模糊的叫喊从耳边掠过。

李四急回身看时，什么也没有。海风穿过空旷的洞窟，发出呜呜的哨声。

他顺手将珍珠放入口袋，深呼吸，静心凝神，侧耳细听那一丝若有若无的声音——仿佛是被厚棉被死死压住而发出窒息的呼声。

三点钟方位，高度一米八。

李四向周围扫视一眼，放弃了寻找石头的想法，直接跃起，肩膀狠狠撞上石壁，"砰"的一声，他整个人被反弹了回来，跌在地上。

奇怪，石壁居然有肉质感！

那石壁剧烈地晃动起来，布满苔藓的表面裂开了几条缝。李四跳起身，锲而不舍地连续又撞了几下，缝隙越来越大，终于，如同包裹的花苞一样，慢慢张开了。

李四僵立在原地，惊得忘了呼吸。

绽开的石壁中，无数藤蔓缠绕住吉祥，将他绑得结结实实，连嘴也被勒住，只露出一双眼睛，眼珠乱转，动弹不得。

好在李四一向心理素质过人，立刻便冷静下来，仔细观察。这海怪似乎是一种低等的海中动物，深黑色，看上去像一个圆盘，有厚厚的肉质外壳，安静时合拢，外形与礁石毫无分别，受惊时张开五瓣外壳，吐出无数条肉质的触手，捕捉路过的软体动物为食。这种动物极为庞大，吃掉一两个人完全不在话下。

如今双枪已失，只剩下一把短短的匕首，一个不小心，非但救不了人，只怕自己也变成这海怪的食物了⋯⋯

吉祥使劲瞪大眼睛，哼哼了几声，似乎想说什么，可是发声振动刺激了海怪，脖颈上的触手蓦然收紧，勒得吉祥翻起了白眼。

李四顾不得细想，一跃而起，匕首瞬间从吉祥额头直切到肚腹！

吉祥已经被勒得要断气，突然只觉胸口到肚子一阵冰凉，以为活活被开膛剖腹，吓得失声惨叫，一阵眩晕，扑通摔在粗糙的地面上。

百忙之中，吉祥还分神想了一下，做一个捧着肚肠子走路拖拖拉拉的鬼，似乎不大光彩，就算出来吓人也没什么威慑效果⋯⋯

脑袋突然被什么敲了两下，熟悉的低沉声音说："喂，没事少装死，一身的腥臭味，找个地方洗洗去。"

吉祥一个激灵，翻身坐起，瞪着一脸无所谓的李四，忙低头检查了一下，衣服从中被割成两半，整个胸膛露了出来。

"我没死？没开膛？"吉祥一阵狂喜，"好刀法，谢了，老兄。"张臂向李四抱去。

李四轻巧地向后让开，满脸嫌弃。吉祥嘿嘿笑了两声，张开双手甩了甩，被海怪吸进肚子这么久，浑身都沾满了黏液，十分难闻。

"看你挺机灵的，怎么被海怪拖到这儿来了？"

吉祥爬起身，悻悻地说："我追着你出来，你转眼就没影了，我就在村里溜达了几步，突然看见一口井向外冒水，好奇过去瞧了一眼，谁知被这怪物七手八脚拖了下来，差点给淹死。"

李四一皱眉："你是说，当时水涌出了井口？然后你被拖下来的时候，也是顺水进来的？"

"对，这家伙在水里灵活极了，简直就是捆绑大师，把我捆得像粽子一样。要不是胃口小，你也跑不了。"

李四的目光从整个穹隆大厅扫过，忍不住倒吸了口冷气："这个大窟窿是海怪的老巢！"

"啊？"吉祥环视一圈，几乎所有的石壁都是这种不吉祥的深黑色圆盘，最大的像卡车一样，最小的类似磨盘，似乎都在蠢蠢欲动。

"我看我们最好早点想好逃命的办法。"李四低头看着忽然淹没到膝盖的潮水，"这是个风吸洞，潮涨潮落很快，马上水就要涨起来了。"

"那些海怪就能趁水浮起来，到处找东西吃？"吉祥吓得脸都青了，"妈呀，我可不想再被捉一次。"

说话之间，水中已传来嗖嗖的声音，溜入水中的海怪们张开外壳，水中的触手密如盘索，互相勾结缠连，到处觅食，似乎饥饿之极。

"向上爬！"李四果断命令，率先向石壁上爬去。

"喂，喂，等等我。"吉祥仗着身手灵活，紧跟在后，"这洞像倒扣的锅，我们怎么爬出去？"

"高出水面就可以，在水里，咱们都得被捉去当点心。"李四飞快地向上攀登，海水紧紧追着他的脚，只有一步之遥。

海怪们已借着海水纷纷漂浮起来，水里一个个大圆盘漂动着，不时有触手嗖嗖地从水中蹿出，触目惊心。

吉祥一不留神，脚腕被触手缠住，吓得哇哇大叫，连踢带踹，脚上却越缠越紧，下拖之力渐强，眼看就要从半空中掉落。

蓦然寒光一闪，匕首凌空射到，斩断了触手。

吉祥惊魂未定，赶紧爬上去几步，喘着气说："我又欠你一条命。"

"少啰唆，快点上来。"李四又攀上去几步。再向上已经是穹顶，无法攀爬，除非倒挂式前行，而这种姿势对体力消耗极大，别说是吉祥支持不了几分钟，就是李四自己，也撑不过半小时。

水声轰隆隆激响，浪花翻卷，咆哮不休。水面上升极快，李四和吉祥只能紧紧地蜷缩起身体，双手努力抠住石壁上的海怪，以维持身体的平衡。

谢天谢地，这些海怪以吸盘紧紧固定在石壁上，所以就算身上吊坠着两个成年男子，也不会掉下去。

但是，只要海水漫上来，那就是灭顶之灾！

"怎么办？"吉祥哭丧着脸，努力将身体又向上缩了缩，"它们要上来了。"

仿佛应验他的话，无数触手从水中冒了出来，狂乱地飞舞，好像触手森林一样，捕捉着一切能吃的物体。

海水仍然在无情地上升。

李四忽然明白过来，海怪盘踞的最高处，也就是海水能够升到的最高度。他抬头向上看去，黑色的圆盘一直延伸到穹顶。

这个洞窟被淹没之后，巨大的水压就从相通的水井里喷出来，一些小海怪趁着潮水到井口找食物。吉祥身体瘦小，如同十五六岁的少年，所以被活生生拖走。

要不了几分钟，海水就会漫过他们的头顶，而水中无数的海怪，正等待着一顿美味的大餐！

悠扬的吟唱似从远古的苍茫混沌中传来，一阵高过一阵，越来越多的声音加入到吟唱中，歌颂海神力量的威严、宏大、壮丽，恳求它宽恕人类的渺小与无知，赐下福祉，拯救苦难中的海之子孙。

陈奇急得如热锅上的蚂蚁，只喊了一声，便明白完全无用——他的声音淹没在磅礴的吟唱声中，好似一滴水落进了大海，根本无从分辨。

他心脏狂跳，浑身的血都涌上头顶，拼命挣扎着。沉重的镣铐已锈迹斑斑，磨破了他的皮肤，鲜血一滴滴流下来，渗入石台。

没有李四，单凭他自己，根本不可能挣脱逃走。

冷静，一定要冷静，仔细想想，究竟漏了什么重要的讯息？

陈奇闭上眼睛，将一切外感屏除，大脑如风一样飞速运转，梳理着已知的所有线索，试图从中找出真相……

吟唱越来越高亢，声调也更加尖锐，到最后几乎变成了歇斯底里的狂吼与噪叫。同时，跳傩戏的人动作也变得激烈，刀剑飞舞，尘土飞扬，面具背后的眼睛射出狂热，仿佛疯魔了一样，贪婪的目光盯着高台上的祭品，对于祭品即将被杀死的悲惨命运毫不怜悯，只幻想着海神享用了祭品会带来什么样的好运。

突然，一声重鼓敲响，所有的声音戛然而止，只听海浪的咆哮声，一浪高过一浪。

虽然没有具体研究过海祭，但是陈奇对傩戏并不陌生，大致的程序基本一致，颂歌一结束，就意味着开始向海神献祭。

陈奇禁不住哆嗦起来，连带铁链跟着哗啦啦作响。

事到如今，也只有拼命一搏，成功与否，就看天意了。

他并不畏惧死亡，只是心愿未了，决不能白白牺牲在这里……

雾气渐渐淡化，台下匍匐着身穿傩衣的村民，穿五彩傩衣的大祭司取出一个手摇铃，开始摇晃，口中念念有词，一步步走上祭台。

陈奇明白，那是镇魂铃，是为了镇住死去祭品的灵魂，防止怨灵的报复。

一名侍者打扮的傩面人向登台的大祭司献上一柄短剑，雪亮的冷光闪过陈奇惨白的脸。

杀死祭品，投进大海，平息海神的愤怒……

陈奇死死盯着大祭司，脑中闪过不知从哪本书看来的文字。

铃声尖细绵长，像无形的锁链，缠绕上灵魂，直至带离……

大祭司慢慢走到陈奇面前，右手举起了短剑，左手的镇魂铃摇得更急，大声吟诵着古老的祭词，蓄势待发。

陈奇瞪着眼前的大祭司，虽然他文弱，但是却倔强而高傲，面对威胁，绝不屈服！

就在大祭司的短剑即将扎下的一瞬间，陈奇突然说了一句："血月亮！"

一句话仿佛是定身咒，将大祭司定在原地，镇魂铃声骤然停止，傩面后的眼睛睁得极大，射出奇异的光芒。

陈奇也不理会，自顾自轻唱起来："一锤鼓，一锤锣，下海打鱼寻旧船，月亮升起红血印……"

"海神人马再回还……"另一个声音接唱了最后一句。

陈奇松了口气，只觉得两腿发软，谢天谢地，至少眼前的危机暂时解除了。他吸了吸鼻子，果然，又是那股奇特的香味，非兰非麝，异常浓郁。

一个窈窕的身影从台下走了上来，一身黑衣，头戴斗笠，边沿垂着及肩的黑纱，遮住了面部，看不清来人的容貌。

大祭司如同从梦中惊醒，躬身退到一边，动作举止异常恭谨，仿佛在迎接海神。

陈奇掩饰住内心的大起大落，镇定地看着对方。他可以确定，这就是把自己诱入陷阱的人。

来人透过面纱审视着陈奇，似乎判断着他说话的真假，过了片刻，轻轻一挥手，大祭司立刻下台，领着众人齐齐退后。

雾气又渐浓，包围了石台，世界仿佛只剩下他们两人。

双方对视，沉默不语，气氛极为微妙。这是意志与信心的较量，也是智慧与手腕的角逐。

思索片刻，陈奇决定先发制人："我的同伴呢？你把他们怎么了？"

"他们误入了海底眼，可能现在已经成为海怪的盘中餐了。"对方的声音尖细而妩媚，带着一种刻意的娇嗲，显然是个女子。

震惊的表情掠过陈奇的面容，随即变得黯然。他闭了闭眼睛，蓦然睁大，目光炯炯，几欲照人肺腑："如果我没猜错，你应该是海老大的亲人！"

女子不由得一震："何以见得？"

"小岭村唯一知道血月亮来历的人是海老大，刚才我喊出'血月亮'，大祭司便立刻停手，请你过来问话，说明你也是知情人。以海老大谨慎的个性，他不会向外人泄露这个秘密。"

那女子轻轻吐出一口气："我是海老大的女儿，海珍珠！"

陈奇脑中飞转："你也是当初在天蟾舞台绑架我的杨贵妃！"

海珍珠审视着陈奇："我父亲说得对，五位教授中，最聪明厉害的人物便是你陈教授！"

陈奇忍不住向后让了让，那股奇特的香气充满了鼻腔，几乎让他窒息。

"既然你知道我是谁，又为什么要杀我？"陈奇晃了晃手腕上的镣铐，"当年我和你父亲算是好友……"

"闭嘴！"海珍珠勃然大怒，纤指差点戳到陈奇的鼻尖，"如果不是因为你们这些人，我父亲怎么会死！"

陈奇大惊失色："什么？海老大死了？"

海珍珠冷冷地说："我父亲就是误信了你们这些读书人，才被骗出海，死在风暴之中。"

隔着面纱，陈奇也能感受到海珍珠愤怒凶狠的目光，不觉一阵眩晕。他辛辛苦苦赶到小岭村，就是来找海老大，万没想到，海老大竟然早已去世。

"等等，你说你父亲误信了我们读书人，难道他的去世与我们当年五人中的一个有关？"陈奇敏锐地抓住了重点。

"没错，就是那个姓颜的。"

陈奇失声道："颜高鹤？"心念电转，五年前，颜高鹤声称要去骊山考察始皇陵，万没想到，他不过是使了个障眼法，偷偷来到了小岭村，不知怎么说动了海老大出海，一去不回，就此失踪。

在五位教授中，颜高鹤是最奇特的一位，人如其名，向来漂泊不定，无家无口无亲人，也从来没有成家的想法，天性豪放，爽直开朗，挥金如土，还有一身好武艺，颇有侠义之风，在当年的五人考古团中，担当了力士和保镖的职责，一直深受其他人的喜爱。陈奇实在想不明白，为什么颜高鹤要避开其余四个好友，单独来找海老大，难道仅仅是觊觎血月亮吗？

"海小姐，请问你亲眼见到过你父亲的遗体吗？"

海珍珠一怔："没有，因为他走后不久，海上就起了大风暴，从此父亲再也没有回来。"

"这么说，颜高鹤也没再回来……"陈奇沉思着，似是分析，又似是喃喃自语，"他们在风暴中失踪，但并没有发现遗体，我想当初你们也出海找过他们，一无所获，是吗？"

海珍珠不情愿地点点头。这个教授并不像表面上看起来那样文弱无害，相反，十分睿智犀利，能够一眼看透事物的本质，令人不安。

陈奇忽然笑了起来："这么说起来，他们很可能没有死。"

"什么？这不可能！"海珍珠高声反驳，"没有人能够在海上漂流五年还活着。"

陈奇眼中射出光芒，神采飞扬："因为，他们出发的时候，就是血月亮即将升起的时候……"

"那又怎么样？"海珍珠被一种奇异的感觉抓住了，仿佛有什么惊天的秘密就要揭开。

"你不知道血月亮真正的秘密，是吧？"陈奇深深地吸了一口气，"十五年前，我们来到小岭村，找你的父亲海老大帮忙出海，就是因为，血月亮能够指引我们找到传说中的仙山，蓬莱仙山！"

第六章

"快想点办法干掉这些见鬼的海怪。"吉祥怪叫着,继续把自己向上蜷缩,恨不能缩成一个团,但是仍然无法完全避开那些飞舞的触手。

李四翻了个白眼,他几乎已经倒悬在穹顶,双足和左手死死抠住圆盘的边缘,右手拽着吉祥。而吉祥双手扒着圆盘,两腿盘在胸口,踩在缝隙中,竭力保持着平衡。

"嗷!"吉祥突然一声号叫,李四被他一吓,差点失手,忍不住怒吼:"闭嘴!"

吉祥爆发出一连串的咒骂,尽是上海滩的粗话。李四听了一会儿,差点笑出声。

那些触手正在不停地攻击吉祥的屁股,可是屁股是圆形的,触手无处着力,每一次都从他屁股上滑过,就像鞭子抽打过一样,发出啪啪的声响。

虽然吉祥没听见李四的笑声,可是从李四手上传来的一阵阵抖动,也知道这家伙正笑得发抽。

"很好笑？换你在下面试试？"吉祥没好气地嘀咕，"别笑啦，再笑我就摔下去了。"

李四沉默片刻："不知道老板现在怎么样了，但愿他留在原地别乱跑，再不济躲进车里也好。"

"别想你家老板了，先想想咱们怎么脱身，我撑不了多久了。"吉祥感觉手上又湿又滑，手臂酸软，要不是李四拉着他，早摔下去变成海怪的大餐了。

李四觉得体力正在一点点消失，心里焦急。海水正在上涨，触手们近在咫尺，而穹顶上方的出口距离他们现在的位置起码还有四米，别说是拖着一个吉祥，就是李四单身一人，也很难以倒挂的方式爬到顶端。

刚才为了救吉祥，又把随身多年的匕首丢了，现在手无寸铁，完全束手无策。

他借助昏暗的光线，游目四顾，忽然心念一动："吉祥，你看到那些悬挂的藤萝没有？"

吉祥脑筋转得也快："咱们借藤萝爬上去？"

"对，我观察过了，你右手六尺左右的地方，有一条藤萝从穹顶垂下来，大约生长了二三十年，有鸡蛋粗细，我看很结实，只是有点短，你得飞上去才能抓住，不过以你的体形，藤萝应该能吃得住。"

吉祥哼了一声："你这是变着法儿嘲笑我个小身轻吗？"

李四计算了一下距离："以我的臂力，应该能扔你过去，你要尽量抓牢藤萝，千万别松手。"

吉祥瞥了一眼水面上翻腾滚涌的海怪，吓得脚都软了，可怜巴巴地问："我能反对吗？"

"等水涨上来，我们连唯一的机会都没有了。"李四运了口气，"准备好了？"

吉祥还没来得及回答，李四暴喝一声，全身的力气都集中在右臂，猛地一荡一甩。哇哇大叫声中，吉祥已被狠狠掷向上方，飞向他们看中的藤萝。

在上海滩，吉祥以身轻如燕出名，早年绰号"花蝙蝠"，飞檐走壁不在话下，只是退隐江湖多年，吃喝享受惯了，功夫大不如前，不过这短短的距离还能应付，他在空中灵活地转了个身，双手准确地抓住了藤萝。

不料他双手潮湿，而藤萝又十分光滑，抓是抓住了，可是藤萝却迅速从掌心滑溜而过，整个人直向下坠去。

"快抓牢！"李四大吼，眼睁睁看着吉祥就要摔进水里，一咬牙，双足一蹬，腾空飞起，一手抓向藤萝，一手抓向吉祥。

他已有准备，右手触到藤萝的一瞬间，迅速绕了两圈，将藤萝缠绕在手臂上，另一只手死死抓住了吉祥的胳膊。巨大的惯性带着两人急速下坠，李四手臂被勒得骨节咯咯作响，剧痛难当，眼前一黑，险些窒息。

就在藤萝即将到头之时，李四猛地手臂一曲，死死抓住了藤萝，下坠速度终于减慢，直至停住。藤萝勒得太死，直接磨破了李四的皮肤，鲜血四溢。

吉祥眼睁睁看着自己滑向水面，又突然停下来，瞬间经历了从地狱到天堂，已吓得心胆俱裂，叫都叫不出声。

两人死里逃生，呼呼喘气，正在庆幸，李四借着光线无意中向旁一瞥，立刻大叫："吉祥，快爬上来。"

吉祥一扭头，忽见一丛极粗壮的触手，比其他的触手高出一米左右，挥舞着游来。触手约有七八根，扭曲翻滚，一根根扑向吉祥，似是看见了肥肉的野狗，贪婪异常。

"我的妈呀……"吉祥骇得魂飞魄散，施展出看家本领，以李四的胳膊当支架，手足并用，拼命向上攀登。

海怪来得极快，吉祥刚刚蹿上去，触手已到，一甩一卷，却捞了个空，于是围着藤萝游了一圈，触手不甘心地胡乱挥舞。

突然，海怪借着翻涌的潮水，猛然冲上浪头，两只触手瞬间游走上去，卷住了吉祥的脚腕，其余的触手顺势勾住了藤萝，一部分已经缠上李四。

李四和吉祥都大惊失色，用力挣扎，但是敌不过力气强劲的触手。吉祥急了，不管三七二十一，突然张口恶狠狠向触手咬去，发出"咯吱"一声脆响。

显然海怪被咬痛了，"哧溜"触手急缩。李四一看大喜，顾不得触手恶心滑腻，学吉祥也一口咬下。海怪被咬的触手纷纷收回，其余却不肯放弃，继续死缠到手的猎物。

"咬死它！"吉祥高叫着，龇着牙乱咬。李四也是见肉就咬。海怪大概没想到这两个人类如此凶悍，被咬的触手越来越多，痛得乱挥乱抽，眼看就要坚持不住了。

就在这时，一阵潮湿的沙土撒了下来，纠缠成一团的两人轻轻向下坠了坠。李四一惊，顿时白了脸，抬头向上看时，藤萝支持不住两人与海怪沉重的分量，根部渐渐被拔离出穹顶。

两人面面相觑，彼此都看见了眼中极度恐惧的神情。

吉祥张了张嘴，想说什么，可是牙齿相击，咯咯作响，浑身直抖。

不等两人想出应对的方法，"轰"的一声巨响，藤萝断裂，从空中直接坠落，李四和吉祥双双跌进了水里。

无数咸涩的海水灌进李四的口鼻，难受之极。他水性不错，屏住呼吸，借着水势打了个滚，甩脱触手，猛地蹿出水面。

刚一睁眼，便看见一道粉红色的壁障，瞬间将他牢牢锁住，无数触手开始扭动撕拽，几乎要将他五马分尸。

李四心中大骂："王八蛋，老子一世英名，今天居然死在这里，死都死不安稳，肉多好吃个个抢是吧？我骨头硬火气大，噎死你们这帮王八海鳖……"

还没骂完，一只海怪张开巨壳，借着水浪一冲，猛地将李四包进壳内，其余触手生怕被巨壳锋利的边缘夹断，纷纷缩回。那海怪囫囵吞了李四，重新跌进水里。

李四只觉眼前发黑，呼吸困难，黏液很快糊了一身，酸臭难闻，想必腐蚀性很强，消化他这么一个大块头估计也不需要太久。

一想到自己化作一堆白骨的情景，李四忍不住毛骨悚然，不顾呼吸困难，猛蹬海怪壳。可是巨壳只发出沉闷的砰砰声，纹丝不动。

再想蹬时，触手忽然悄没声地缠了上来，将李四捆了个结结实实，更多的黏液喷在他身上，似乎是想尽快消化他一样。

李四的脖子也缠上了触手，勒得快要断气，幸而巨壳中有空隙，并没有充满水，还能勉强支撑，否则早就溺水而亡了。但是照目前的情形，至多也就多撑个三五分钟，能有什么用？

他是个绝不服输的人，虽然已被捆得动弹不得，仍然不肯放弃，用唯一还能动的十指死抓死抠。海怪大概从来没遇到过这样的对手，被抠挖得肉直抖，想来也感觉到痛了。

忽然，李四感觉手指触到了一个浑圆硬物，便死死抠在手中，乱拽乱拧。海怪似乎痛极，忍耐不住，巨壳一张，竟将李四吐了出去。

李四缺氧已近于昏迷，身体抽搐着，被海水卷到水面，带着潮湿腐臭的空气冲进鼻腔，顿时呛咳起来。

他无力挣扎，只是躺在水面上，如果哪只海怪再吞掉他，那可真就完蛋了，这次，他连动动手指的力气也没有了。

他睁大眼睛望着穹顶那一方小小圆形天空，光线从穹顶洞口漏下来，散成千丝万缕，给弥漫的水雾染上斑斓的七彩光晕，奇幻如仙境。

恍惚间，眼前似乎出现了芸的曼妙身影，纯洁如雪莲，天真如小鸟，美好如梦幻，他愿竭尽生命为她奉上世间最好的一切，呵护她，照顾她……

但是，行走在黑暗中的他注定无法留住心中唯一的光……

芸清丽绝伦的面容从脑海中闪过，那珍藏的笑容一如从前，深深地刺痛着他早已冰冷的心……

星光闪耀，点点银星从空中流过，异常绮丽，就像天堂的萤火，照亮了归家的路……

李四猛地睁大了眼睛，星光？

他使劲眨眨眼再看，漫天都是奇异的银色光芒，飘扬飞舞。最为奇特的是，那些触手一遇到银芒就好似喝醉了酒一样，不受控制，渐渐软垂下去，水面上横七竖八漂满了肉质的触手。

李四简直不敢相信这一切，双手划水想游过去察看。一挥手，才发现手掌还死死握着从海怪肚子里抓出来的东西，这时也顾不上细看，随手塞进百宝囊里，向前游了几步，却撞上了一只半沉半浮的海怪。

那海怪似乎完全失去了意识，一撞之下，巨壳竟然张开了，吐出了一个人。

"吉祥！"李四失声而呼，那人被水浪推得翻了两滚，一张脸正好对上李四。

这张脸半边尚存，惨白浮肿，毫无生气的眼睛大睁着，另半张脸已被腐蚀，露出森森白骨和空洞眼窝，水波一荡，没有消化的腐肉一片片从面骨上剥离，被水浪拍打到李四身上。

自从出江湖以来，李四也不知见过多少阴森恐怖的场面，今天却是第一次觉得浑身僵硬，胃部抽搐，一阵剧烈的恶心，差点没吐出来，手忙脚乱地拍打着水，将白色的腐肉从身边推开。

还没等他拍打完，身边的海怪纷纷张开了巨壳，吐出一具具死尸，在水面上翻滚碰撞，霎时间到处都是半腐烂的尸体，气味腐臭难闻。

李四已经惊呆了，心里不停地祈祷，吉祥千万不要变成这样……

他忽然想起，照尸体的腐烂程度，绝不是刚刚才吃下去的，在海怪的腹中起码超过了一天，才会被半消化，才吃下去的吉祥应该还是完好无损的。

"吉祥，吉祥……"李四竭力大叫。可是他体力消耗太大，发出的声音只不过像是无力的呻吟。

"哗啦"一声，吉祥从不远处冒出头来，拼命咳嗽。李四欣喜若狂，赶紧游到他身边，上下打量，除了上身割破的衣服不知去向，吉祥算是完整无缺，胡乱洗着满头满脸的黏液，呸呸直吐口水。

"我的妈呀，太恶心了，三天不想吃饭……"吉祥忽觉背后被什么撞了一下，扭头一看，正对上一具腐尸的森森白牙，吓得一哆嗦，差点又栽进水里。

李四暗叫奇怪，看这些人的装束打扮，好像是渔民，男女老少都有，海怪怎么吃到他们的？难道袭击了村庄？

吉祥颇为机灵，一看李四皱眉，便知他所想，忍着恶心，拉过一具尸体，翻看了正面和背后："他是被快刀所杀，一刀穿心，大概尸体被扔进海里，海怪才吃了他。"

李四也看了几具尸体，无一例外，均是被杀死的。凶手十分残忍，连婴孩也没放过。

他心中一动："老田也是这帮凶手所杀！"

"老田？这帮凶手？"吉祥明白了，看洞中尸体，大约有五六十具，如此大规模的屠杀，绝非一人能办到，必是一帮人所为。

两人对望了一眼，不约而同地想：难道这些尸体都是小岭村的村民？

是械斗？是仇杀？还是劫匪？这其中迷雾重重，似乎隐藏着天大的秘密。

九月的天气，海水的温度已很低，两人在水中泡得久了，浑身冰冷，止不住一阵阵寒战。只有尽快想办法上岸，否则，就算不被海怪吃掉，也会被活活冻死。

此时水已经涨得很高，越来越接近穹顶处的洞口，两人急于脱身，看准顶端垂下的一根藤蔓，攀着向上爬去。

才爬了几步，吉祥忽觉腰中一紧，大惊失色："海怪又来了？"刚要挣扎，谁知蓦然腾空而起，竟是一口气被提出了洞穴。

李四莫名其妙，一愣神，发现一条银色的软鞭从洞口又垂了下来，这次卷住了他的腰，身体一轻，也被拎了上去，从洞穴中钻出，跌在坚硬的岩石上。

吉祥使劲吸了几口新鲜的空气，这才确信自己死里逃生，瘫倒在岩石上，动弹不得。

李四这才看清，自己身处在海边的一个悬崖平台上，旁边站着一个少女，大约十三四岁的模样，手腕上缠着一根银丝鞭，探头又向洞穴下面看，顺便放下银丝鞭，似乎还想救人。

"不用找了，除了我们俩，里面全是尸体，没有活人。"李四好心地解释。

那少女猛地抬头瞪着李四，突然脸色大变，眼中流露出极其惊恐的神色，仿佛看见了妖怪一样，连连后退。

李四忙说："小姑娘，别害怕，我们不是坏人……"

那少女不等他说完，猛地一扬手，银丝鞭骤起，"啪"地狠狠抽在李四的手臂上，疼得他"嗷"的一声，捂着胳膊退开两步。那少女一跃而起，在空中划出一个漂亮的弧线，竟然头向下栽向大海。

"不要！"李四扑上去想拉住她，哪里来得及，五指抓了个空，半个身子都扑出悬崖外。

吉祥眼看不妙，就地一滚，一把抱住了李四的腿，这才算拉住了他。

"怎么回事？"吉祥大叫。

李四叹了口气，慢慢翻身坐起："我猜那个小姑娘把我们当成了杀人凶手。"

吉祥一愣，随即明白，小姑娘想必是来救那些村民的，突然看见救上来两个陌生人，自然而然认为是凶手，所以才匆匆逃走。

两人累得精疲力竭，坐在原地直喘气。吉祥一瞥眼，看见李四腰间鼓起一块，便指着问："你带了什么？这么累赘？"

李四这才想起，翻开百宝囊："从海怪肚子里挖出来的。"将那硬物取出来，抹去碎肉，露出本来面目。

此物呈球形，乳白色，约有鹅蛋大小，闪烁着珍珠一样的淡淡光泽，明亮柔和，异常光彩。

吉祥张大了嘴巴："啊啊啊，这是……夜明珠！"

李四也目瞪口呆，急忙再擦拭几遍，那夜明珠更加光亮了，简直就像小灯泡一样闪耀。

"天啊，我们发财了，发大财了！"吉祥激动地乱嚷，扑过来想拿到手中看清楚。

哪知就在此时，旁边的洞穴中突然喷出一股巨浪，瞬间冲过两人全身，那颗珍贵的夜明珠顿时被海浪拍了出去，掉下了悬崖。

海珍珠冷冷地盯着陈奇，似乎想从他脸上瞧出谎言的端倪，又似乎想看穿他的真实想法。

陈奇坦然地迎接着对方的审视，不卑不亢，镇定自若，仿佛不是被锁在祭台上，而是站在讲台上面对着自己的学生，谦和有礼又智慧过人。

"哼，就凭你一句话，我就会相信吗？"海珍珠冷笑一声，"我父亲上过一次当，我再不会被骗了，什么海上仙山，根本就是胡说八道。"

陈奇温和地笑了："是真是假，海小姐心里自然明白。"

"我会明白的……"海珍珠的声音变得绵软黏腻，充满了诱惑，"你会告诉我一切真相，是吗？"

"我……"陈奇大脑开始眩晕，一阵阵迷糊。他反应很快，立刻意识到，海珍珠也会用摄魂术，正在催眠自己。与先前所遇到的不同在于，"杨贵妃"使用了迷香，而海珍珠只用声音，显然技高一筹。

他无力抗拒，身体正在进入睡眠，只有大脑还保留一丝清醒，两腿软得站不住，直向后倒去。

一只手撑住他，让他慢慢坐下，意识飘浮不定，迷离惝恍，似是遨游在云雾之间，直到一声软软的"喵呜"传入耳中，似极远，又似近在身边……

海珍珠伸指抬起陈奇的下巴，仔细观察，对方显然陷入了浅梦中，头不时地东歪西点，平时紧抿的嘴唇微微弯起，形成一个隐约的笑容，流露出几分孩子气。

想不到这个博学多才、严谨认真的教授内心居然还有几分童真，有趣！

想到这里，海珍珠放柔了声音："告诉我，陈教授，海上仙山是怎么回事？"

陈奇晃动着脑袋，迟疑了一下，才说："排空驭气奔如电，升天入地求之遍。上穷碧落下黄泉，两处茫茫皆不见。忽闻海上有仙山，山在虚无缥缈间……"

海珍珠愣了一会儿，才听明白，陈奇居然在念诗。

"我问的是仙山，不要胡乱扯什么唐诗！"

陈奇闭着眼睛，脸上竟似有几分委屈："我说的就是仙山，《长恨歌传》记载，'又旁求四虚上下，东极绝天涯，跨蓬壶。见最高仙山，上多楼阙……'"

海珍珠没想到这位教授梦里还不忘掉书袋，唠唠叨叨，头疼不已，因为此时都是对方最真实的心声，打断也没用，只能忍着听下去。

旁征博引了各种古文古诗以及考证材料之后，陈奇总算进入了正题："据我们考证，仙山就是《长恨歌》中所说的蓬莱！"

海珍珠吃了一惊："蓬莱仙山？那应该在山东地界，怎么会在这里？"

陈奇似乎思考着什么，过了一会儿才说："诗中所说，山在虚无缥缈间，说明海上仙山并不固定在某一处，唐代或许还在山东，千年之后，轨迹早已改变，移动到了浙江。"

"胡说八道，你有证据？"海珍珠觉得匪夷所思，这简直比传说还要荒唐。但是被摄魂的人显然不可能说谎，难道他们十五年前当真在考察中找到了传说中的蓬莱仙山？

陈奇露出了笑容，神情颇为得意："因为这些都记录在血月亮上面的花纹里，那是用古老的符箓写成的，一般人根本看不懂。"

海珍珠半信半疑："仙山和血月亮又有什么关系？"

"如果要寻找仙山，就必须等血月亮出现，然后根据血月亮在天空的轨迹计算方位，才可能找到仙山的所在。"

"什么？血月亮不是指玛瑙玉璧，而是指真正的血红月亮？"海珍珠失声惊呼。

陈奇一皱眉，像给学生上课一样地解释："玛瑙玉璧号称血月亮，是因为玉璧上刻了血月亮出现的时间和运行轨迹，根据玉璧所记载的内容，可以推算出血月亮准确的出现时间，加之玛瑙玉璧本身为血红，就俗称为血月亮。"

海珍珠第一次听说血月亮的真正来历，这才相信，仙山并不是陈奇胡诌的，而是确有其事。这也证实了当初海老大突然秘密出海，正是为了寻找传说中的仙山，不知道遇到了什么意外，从此没有了消息。

她来回走了几圈，平复下内心的激动，一时千头万绪，竟不知问什么才好。

过了一会儿，她才想起一个重要的问题："十五年前，你们没有找到仙山？"

"只有在血月亮运行在天空某一点的时刻，仙山才会出现，那一次我们虽然算对了时间，但是很不巧，当天刮起了台风，海浪太大，等我们赶到的时候，已经错过了仙山……"陈奇脸上显出懊恼的神情。

"仙山仙山，你口口声声不离仙山！"海珍珠烦躁地走了几步，大声说，"仙山究竟有什么宝贝，值得你们这样拼命寻找？"

陈奇闭着眼睛，歪了歪头："有人喜欢仙山的财富，有人想破解仙山传说中长生的秘密，有人想去探访仙山的主人杨贵妃，而我，只想成为考古史上第一个发现蓬莱仙山的学者。"

"杨贵妃？"海珍珠不可置信地看着陈奇，"你相信仙山住着传说中的杨贵妃？"

不知这句话触动了什么，陈奇居然咿咿呀呀唱了起来："海岛冰轮初转腾，见玉兔，玉兔又早东升，那冰轮离海岛，乾坤分外明，皓月当空，恰便似嫦娥离月宫……"

"别唱了！"海珍珠愈加烦躁，大声喝止。可是陈奇并不理睬，仍然唱个不停。

海珍珠忍无可忍，一巴掌甩过去，"啪"的一声，陈奇白皙的脸上顿时出现了五个红红的指印。

陈奇"唔"的一声，疼得直抽气，似乎想从噩梦中醒来，可是在催眠状态下，醒与梦都不由自主，再痛苦都无法自行醒来。

陡然间，一块石头挟着风声袭来。海珍珠一惊，跃身急闪，石块擦着耳朵飞了过去。

祭台的悬崖边，一个人转眼翻了上来。他个子高大，却灵巧如猫，扬手又掷出几块石头，逼得海珍珠无法靠近。另有一个矮小的瘦子也从悬崖边爬上来，三下五除二，便将陈奇身上的镣铐解开，扶住了他软倒的身体。

海珍珠见势不妙，一声呼哨，台下的傩戏人立刻拿着棍棒刀剑冲上台。只是石台面积有限，最多也就站了五六个人，其余人便将石台团团包围住了。

李四双手叉腰，大咧咧地问："是一个一个上，还是一起上？李爷我全部奉陪。"

其中两个年轻壮汉互相使了个眼色，"嗷嗷"叫着，一左一右配合着双双冲上来。李四飞脚左踢，将对方踹翻，同时一拳直击另一人的面门。那人缩头一个后仰，同时也起腿飞踢，李四侧身顺势一挡一送，那人哇哇大叫着，腾空摔下了台。

众人都被李四的身手吓了一跳，一时无人敢上。

李四耸耸肩："这就尿了？爷还没过瘾呢。"

海珍珠挥手制止住暴跳的众人："朋友，我跟这位先生有点私人恩怨，请你别为难我们，要是真正动起手来，我们人多势众，只怕你也不讨好。"

李四咧嘴一笑，明亮的眼睛闪闪发光："你跟谁有恩怨都不关我的事，只不过，这位先生是我的老板，当着我的面就动手抽耳光，也太不给我面子了，以后我怎么混江湖？"

海珍珠一愣，李四精悍狡黠，身手不凡，不太好对付，万一闹出人命，只怕跟陈奇的合作就泡汤了。

吉祥摇了半天，陈奇仍在沉睡，急得大叫："喂，陈先生中了什么邪术啊？叫不醒。"

李四脸色一变，沉声道："我老板要是出了什么事，你们一个个拿命来抵！"

冰冷的杀气霎时从李四身上散开，眼神也变得凌厉嗜血，宛如蓄势待发的黑豹。

众人不约而同齐齐后退，面对的仿佛是暴怒的野兽，充满了杀机与冷酷。

海珍珠心念电转，忽然发出一声轻笑："朋友，别误会，我和陈先生也算有点旧交谊，他到村中是为了寻找我的父亲，看来我们需要好好地谈谈，不如你们先到祠堂休息休息，如何？"

混迹江湖多年，李四自然深知强龙不压地头蛇的道理，既然对方服软，那正好乐得下台："我只负责老板的人身安全，其余的事不归我管。不过，我老板淋雨受凉，祠堂最好准备火盆、热水和被褥，方便我照顾他。"

"既然是客人，我们自然会好好招待。"海珍珠挥了挥手，轻盈地跳下石台，向祠堂走去。

李四眼看众人散开，这才回身蹲在陈奇面前。刚要说话，只听一声软软的"喵"，辟邪从陈奇的衣服下面钻了出来，不住地舔着潮湿的皮毛。

看着仍然沉睡的陈奇，李四皮笑肉不笑地嘿嘿两声："老板，你不觉得欠我一个解释吗？"抱起陈奇，一个箭步跳下了石台。

陈奇吓得猛地睁开双眼，发现李四脸色不善，赶紧又闭上了。

一个炸毛的雇员该怎么对付？那些教科书和资料中可从来没有解释过。

陈奇觉得头一点点痛起来。

小岭村的祠堂修得高大巍峨，后厅却显得阴森黯淡，散发着潮湿腐朽的气息。

海珍珠取下斗笠，随手扔在桌上，习惯性取出镜子照了照。她皮肤白净，妆容浓艳，眸光一转，顾盼生姿。她整理了一下妆容，看着镜中的自己思索。

大祭司匆匆走了进来，边走边取下傩面。他是个三十岁左右精干结实的男子，走到台阶下便停住，神情恭谨，似是等待吩咐。

海珍珠撩起眼皮瞥了他一眼："东来，都安排好了？"

东来恭敬地回答："是，小姐，客人在厢房歇息，其他的人暂时都回家了。"

"嗯……"海珍珠微一迟疑，"你觉得陈奇的话可信吗？"

"他中了小姐的摄魂术，应该不会说谎。"

海珍珠一皱眉："可别小看这个文弱的书生，鬼心眼得很，好事来得太快，总归是不踏实。"

东来诡秘地一笑："我们手上有王牌，不怕大鱼不咬钩。再说，咱们的人都是弄船的好手，出了海，这三个旱鸭子还不是任咱们宰割？"

海珍珠嫣然一笑，跷起兰花指，一点东来的鼻子："这帮蠢货当中，就数你机灵，跟着我好好干，以后会有你的好处。"

东来一下子笑开了花："我去准备出海的东西，其余的事，请小姐多留意。"乐颠颠地离开了。

海珍珠回手抚了一下鬓角的碎发，低声自语："海上仙山？难道世间真有杨贵妃？"

温暖的水洗去了疲惫和劳累，陈奇从浴桶里爬出来，换上车里带来的新衣，感觉自己又像重生了一样。

走进祠堂侧面的厢房，李四和吉祥已经等在里面了。这里原先是给无家可归的族人居住的，现在整理出来暂时给他们落脚。

外面已经云销雨霁，彩虹斜挂在天空，温柔的阳光从西边的窗户照了进来，将房间染上一层温暖的金黄。

辟邪趴在木桌上摇着尾巴，享受着李四的抚摸。只要手指稍微停下，辟邪便不满地喵喵叫，李四只好继续一遍遍捋它的顺毛，脸臭得好像谁欠了他八百万一样，陈奇进来他也没理。

陈奇讪讪地笑笑，拘谨地坐在椅子上。吉祥觉得对金主这样不客气会影响日后的生意，便讨好地递上热茶。陈奇啜了一口，正是他常喝的龙井，想必是用车上带来的茶泡的。

"陈先生，你还好吧？没着凉感冒什么的？这是带来的枣泥麻饼，先吃点垫肚子，晚饭不知道啥时才有……"

李四响亮的哼了一声，打断了吉祥的唠叨，陈奇尴尬地推了推眼镜："我没事，倒是你们，究竟去了哪里？怎么突然出现在祭台的？"

吉祥简略地介绍了他和李四的历险，谈到夜明珠被海水冲走时，一脸如丧考妣的颓唐样。后来两人观测了一下地形，发现所处平台距离海面相当高，如果跳下去十之八九会被淹死，反而向上倒有参差不平的岩石可供攀登，于是两人歇了片刻，鼓足余勇攀了上来，谁知顶端正好是祭台！

"当时看陈先生中了摄魂术之类的玩意儿，我这兄弟立马就急了，不顾死活跳上去，跟一群人打群架，也不看看当时那边有三十多号人，这不是找死么，平时的机智聪明都喂了狗了……"吉祥一个劲儿给李四说好话。

陈奇感激地看向李四，李四却哼了一声："陈大教授胸有成竹，要得人团团转，哪用得着我救？"

吉祥没听明白，一脸的茫然。李四拎起辟邪，扔到吉祥怀里。辟邪受惊，四爪乱挠，吉祥"嗷嗷"乱叫，赶紧松手丢开。

"有辟邪在，再厉害十倍的摄魂术也无效，吉祥你忘了当时是怎么醒过来的？"

吉祥恍然大悟，指着陈奇，一时说不出话来。

李四不耐烦地一脚将吉祥踢到门外："我和老板要密谈，你在外面盯着点，别让人偷听。"

吉祥刚想反对，李四已"砰"地关上了房门。

震动声吓了陈奇一跳，眨巴着眼睛，一脸无辜的表情，活像被恶霸欺负了一样。

"我还真是小瞧你了，老板。"李四绕着陈奇走了一圈，猛然俯下身盯着他的眼睛，"一本正经地胡说八道，挺会骗人的啊……"

陈奇向后缩了缩身子，小声说："李四先生，你生气了？"

"我当然生气，身为保镖，我要负责你的人身安全，你什么都隐瞒不说，我怎么保护你？还有，今天我和吉祥差点送命，都是因为你。"李四越说越生气，"先前你答应我不再隐瞒的，想不到堂堂大教授也说话不算话！"

陈奇被指责得满脸通红，几乎要缩进椅子里去："我……我不是故意隐瞒的，你没问，我没说而已。"

李四冷笑一声："现在我问了，洗耳恭听！"

陈奇意识到激怒一个有前科的江湖杀手是不明智的，飞快地思索着该怎么开口，既能安抚暴怒的李四，又能给出一个合理的答案。

"我在祭台上说的话，你都听到了？"

李四不耐烦地点头："半真半假，容易让人相信，是吧？"

陈奇垂下眼帘："一开始，我确实是被催眠了，说的都是真话，直到辟邪钻到我衣服里挠我，我才慢慢醒过来。当时没准备好，我只好背诵各种材料来蒙混过关……你不觉得奇怪吗？辟邪那天随着景弘一起失踪，怎么会突然出现在祭台上？"

"这个问题，你得去问辟邪。"

"哦……"陈奇失望地低下头，所以并没有看见李四脸上掠过狡黠的笑容。

"世间真有海上仙山？"李四凑近陈奇耳边轻声问。

一听到专业问题，陈奇眼睛就亮了："当然，这是真的。"

"你这次来的目的，就是为了出海寻找仙山？"李四总觉得有哪里不对劲。

陈奇抬起眼睛，看看李四，眼中流露出深深的哀伤：

"嗯，那些夺走血月亮的人到处杀戮，而血月亮来自于仙山，所以我猜仙山隐藏着一个我不知道的巨大秘密，也是那些人拼命想得到的秘密。"

他的语气无奈而悲伤，李四这才明白，对那些死去的朋友和路人，陈奇心里埋藏了深重的内疚与痛苦，从而归罪于自己，无法解脱。

李四叹了口气，拿过早已准备好的药包，取出药棉，蘸了碘酒，轻轻擦拭陈奇手腕上红肿破损的伤口。陈奇疼得一缩，李四捉住了他的手腕不放，擦拭完毕，又涂上消炎药膏，再用纱布包好。

"不是你的错，老板，别事事怪罪自己。"李四诚恳地望着陈奇，"你背负不起地狱。"

陈奇摇了摇头："你不明白突然失去挚爱亲朋的感受……"

"事实上，我明白……"李四走到窗台前，夕阳在他的脸上映出柔和的光芒，"我至今还记得她为我做饭，明明怕锅里的热油，可还是战战兢兢把菜扔下去，闭着眼睛乱炒，一半青菜飞出锅也不知道……"

温柔的哀伤浮上了李四的脸庞，声音也变得低哑。

"你说的是……芸？"

李四并未回答，显然是默认了。

陈奇起身走到李四身边："芸如果知道你对她用情这么深，我想她在九泉之下也会瞑目的。"

李四目光一闪，神色又恢复成平日的漫不经心："你的下一步计划呢，老板？别再跟我玩花样。"

陈奇对李四的快速转换一时反应不过来，张大了嘴巴，半天才"哦"了一声："那个……当然是和海小姐合作出海去找仙山。"

"海珍珠差点把你当祭品杀了，你还信任她？"

陈奇无奈地摊开手："海老大精通水性，对附近水域极为了解，我想海珍珠也和他一样。你我都不擅长驾船，更不熟悉大海的气候变化，只能与她合作，行动之时咱们多加小心就是了。"

李四死盯着陈奇，直到陈奇不自在地转开眼光。

"资料跟着那个宋景弘一起丢失了，你找得到去仙山的路？"

陈奇指了指自己的头："资料都在这儿呢，我有没有告诉你，我有过目不忘的本事？"

李四一转念，又生疑虑："你说玉璧上刻了血月亮出现的时间和运行轨迹，可如今玉璧早就丢失了，你怎么推算？"

陈奇得意地笑了："我有十五年前推算好的资料，那次我们五个人一起合作，根据玉璧的符纹，推算出未来三十年血月亮出现的时间和地点。"

李四恍然大悟："难怪颜高鹤甩开你们，单独找了海老大出海，原来他也有一份推算好的资料。贪心不足蛇吞象，原本想独吞仙山的宝藏，没想到一去不回，喂了海鱼。"

"我倒不这样想，以海老大的本事，不太可能误入海上险境，海珍珠也从来没发现他和颜教授的尸体。我觉得，十之八九，两人找到了仙山，不知为何却没能离开……"

李四一拍大腿："因为他们没有血月亮，所以迷失了回来的路！"

陈奇微笑起来："你很聪明，猜到了关键问题。当初我们只推算了前去仙山的方位，因为没有找到仙山，无法对照血月亮推算回来的路。还有一种可能……"

"他们被杨贵妃所迷，留在仙山当女婿了？"李四想起幻境中的杨贵妃，妖娆万端又鬼气森森，忍不住打了个寒战。

陈奇被逗乐了："杨贵妃不太可能从唐代活到现在……"

"谁知道呢，反正那是仙山，什么奇事都有可能发生。"李四无所谓地耸耸肩，"不过，你要是上了仙山，被杨贵妃迷住了，我可不负责救你。"

一直趴在门边的辟邪突然站起来"喵"了一声，走到陈奇的脚边蹭了蹭，猫眼晶亮，仿佛在说，我一定会救你。

陈奇弯腰抱起辟邪，挠了挠它的下巴："你真贴心，不像某人，不负责任。"

李四撇撇嘴，潇洒地一挥手："老板你觉得不满意可以退货，另雇辟邪当保镖。我去看看今天的晚饭。"说话之间，人已经出了门，轻灵迅捷得像一只大猫。

陈奇抱着辟邪，望着李四的背影，笑容渐渐隐去。过了片刻，仿佛做了一个重大的决定，一咬牙，将辟邪放在桌上，转身出门。

阴冷的风从后厅卷过，黄昏最后一道光线消失了，浓重的黑暗笼罩下来，压得人透不过气来。

端坐在椅上闭目养神的海珍珠突然睁开了眼睛，像猎食的鹰鹫一样盯着黑暗深处。

陈奇的身影慢慢从黑暗中走来，瘦弱单薄的身躯挺直如碑，如同赴死的勇士，坚定而从容。

海珍珠一声轻笑："你来了？"

陈奇一语不发，目光投向天空。海珍珠忍不住顺着他的眼光抬头望去，刚刚升起的皎皎秋月蒙上了一层淡淡的红，鲜艳而诡秘。

第七章

梦境黏腻而沉重，一夜不停地奔跑，前方缥缈虚幻，沼泽、森林、阴沉的街道、无人的坟地以及紫血浸染的战场，令人精疲力竭又无法摆脱……

"醒醒……快醒醒……"耳边传来模糊的喊叫，像苍蝇一样嗡嗡恼人。李四决定不予理睬，翻个身继续睡。

"睡睡睡，就知道睡，平时的机灵都哪去了？"吉祥气不打一处来，拿起桌上的茶壶，将冷茶泼在李四的脸上。

李四"哇"一声跳起来，甩了甩头，怒视着吉祥："你皮痒了，想找抽？"

吉祥将茶壶重重地顿在桌上："你家老板呢？"

"不是在隔壁睡着吗？"李四突然有种不祥的预感，拔腿冲进隔壁陈奇的房间，床铺干干净净的，没有一丝睡过的痕迹。

吉祥倚在门口："别找了，祠堂里里外外我都看了一遍，没人。"

"没人？"李四揉揉额角，那种沉重的疲惫感仍然没有消失。

"一个也没有，连海珍珠的人都不见了。"

"不可能，就算他们半夜走，我怎么一点动静没听见……"李四倒吸了口冷气，僵住了。

空气中还残留着鸡鸣五鼓断魂香淡淡的气味。

李四懊恼地一拳砸在桌上，昨夜太过劳累，放松了警惕，竟然被这种下三烂的迷香放倒，实在太丢人了。

吉祥垂头丧气地问："陈先生又被绑走了？"

那种不对劲的感觉又来了，李四环视着陈奇的房间，又飞快地跑到祠堂门口，跳上雪佛莱小汽车检查了一遍，皱着眉头靠在车头思索起来。

房间并没有翻乱的痕迹，陈奇随身的皮包也不见了，车上少了一些食品和日常用品，包括陈奇喜欢的龙井绿茶——这不像是被绑架，倒像是从容地出游。

一个结论突然跳进李四的脑海：陈奇故意甩开他们，与海珍珠等一起出海了。

"这不可能！"李四脱口而出。

"你说什么？"吉祥从李四阴沉的脸色中感觉到了不妙。

"码头！"李四向码头飞奔，莫名其妙的吉祥只好追了上去。

一片死寂笼罩着这个村庄，没有炊烟，没有人声，那些悦耳的鸟鸣和海涛声衬得村庄更加空寂得可怕，仿佛是没有生命力的死域。

李四不自觉地联想到海底洞中那些被海怪吃掉的尸体，心中一悚，立刻不再回想那种悲惨恐怖的场面。

突然，他感到似乎有一双无形的眼睛在窥伺着自己，猛回头，却什么也没看见。一阵冷风从背后刮过，不自觉地毛骨悚然。

他压抑住内心的强烈不安，飞快地跑向码头。

小岭村的海港修了一个简陋的码头，原本这里停靠着一艘大船和几艘小渔船。现在大船已经消失了，小渔船在清晨的海浪中轻轻摇摆。

李四跑在码头上，眺望着无边无际的大海，又气又恨，转身使劲踢着渔船，只踢得"砰砰"乱响。

吉祥气喘吁吁地赶来，看着暴跳如雷的李四，无可奈何地说："想不到你家老板斯文有礼，背地里耍人一点不含糊，咱们俩也算江湖双雄，居然栽在他手里，传出去以后还怎么混。"

"也许老板是有苦衷的……"李四兀自嘴硬，怎么也不肯承认被陈奇抛下了。

"你就自欺欺人吧。"吉祥鄙视地瞪着李四，"从头到尾，你家老板没说过一句实话。"

李四压根没听见吉祥的话，他全部注意力都被海上出现的一个小黑点吸引住了。

"船！"吉祥吃惊地叫了起来，难道陈奇良心发现，又回头来接他们了？

　　船飞速地驶来，渐渐显露出清晰的轮廓，李四的心却沉了下去。他记忆力极好，已发现这艘船与先前停靠在码头的那艘完全不一样，不由得伸手到肋下握住了枪。

　　船很快靠上了码头，水手们下了锚，两个漂亮的女子从船上跳下来，看得吉祥眼睛都直了。

　　李四虽然失望，倒也放下了戒备，因为这两个女子他都认识，一个是苏菲，一个是薇拉。

　　两个姑娘都穿着紧身的骑马装，足蹬短靴，看上去干净利落，勾勒出优美的身体曲线，映着朝阳，如同含苞的花朵一样美丽可爱。

　　"你们怎么来了？"李四本能地觉得麻烦大了，不论陈奇是怎么失踪的，恐怕这两个姑娘都不会善罢甘休。

　　果然，苏菲开口就问："教授在哪里？"

　　李四顿时觉得头痛起来，而吉祥却被两个靓丽的姑娘震花了眼，傻呆呆地张着嘴，忘了呼吸。

　　听完李四的讲述，苏菲沉思着不语，薇拉一向动手多过动脑，当即气愤地嚷："教授不会私自离开，肯定是被绑架了，你们没有保护好他。"

　　吉祥偷看一眼苏菲，转头反驳："小丫头别胡说八道，为了保护陈先生，我和李四差点给妖怪吃了，这么拼命的保镖，你不但不感谢，还瞎嚷嚷，真是狗咬吕洞宾，不识好人心。"

薇拉气哼哼地瞪着吉祥："要是我保护陈先生，肯定不会变成这样。"

吉祥上下打量着薇拉，嘲笑说："你？恐怕早成海怪的点心了。"

李四没有理会两人幼稚的争吵，皱着眉头思索，突然问："苏菲小姐，你为什么来小岭村？"

苏菲目光一闪，谨慎地回答："我是来接应先生的。"

"是老板的意思，还是'你'自己的意思？"李四着重咬在"你"这个字上。

"先生处境危险，我非来不可。"

李四敏锐地察觉到苏菲的弦外之音："你在老板出事之前，就已经猜到他处境危险？"

他忽然逼近苏菲，死死地盯着她："你知道老板的一些事，但是隐瞒不说，为什么？"

苏菲一惊，感觉自己像是被猛兽盯上的猎物，心头警铃大作，不由自主攥紧了拳。

李四忽然咧嘴一笑，抽身坐回椅子，两条大长腿"呼"地跷在桌上，一脸的嚣张。

薇拉哪里忍受得了李四的傲慢态度，气得直跳脚，冲上去要理论，被苏菲一把拉回，微微摇头。李四很擅长激怒别人，以薇拉直白的个性，三言两语便会露出马脚。

苏菲斟酌了一下言辞，放缓了语气："不管怎么说，我们都是为了保护先生而来，眼下形势险恶，不如暂时放下分歧，先联手救出先生之后，再谈论其他，如何？"

李四暗骂苏菲狡猾，避重就轻，抬出陈奇压阵，说话有理有据，如果再威逼下去，自己反而变成无理取闹的一方了。

"没问题，反正老板将来肯定会告诉我所有的事，不必急于一时。"

薇拉不服气地嘀咕："先生跟你才没有那么熟……"被苏菲拉了一把，后面的话咽了回去。

吉祥在这番明争暗斗中一直插不上话，此时一看气氛缓和，赶紧转移话题："我实在不明白，陈先生为什么要丢下我和李四，随海珍珠出海。毕竟有我们在，可以保护他的安全不是？"

薇拉恼火地喊："先生一定是被绑架的！都怪你们没照顾好。"

苏菲沉吟道："也有可能先生是迫于某种威胁，才自愿跟他们出海的。"

李四心中忽然一警，那种奇怪的被窥伺的感觉又出现了，他眼珠一转，扬起嘴角，露出挑逗的笑容，俯身在苏菲的耳边说了句什么。

薇拉顿时大怒，一把推开李四，扬手就是一记耳光打去："你敢无礼……"

李四头一歪让了过去，顺势一推，薇拉踉跄着跌到苏菲怀里。苏菲在她耳边低语了两句，薇拉跳起身，恶狠狠地瞪着李四。李四无辜地摊手，薇拉一跺脚，旋风也似的奔出了屋。

吉祥也是火冒三丈，用力将李四拉到一边，怒气冲冲地说："喂喂，你失心疯啦，这个时候还有心情调戏姑娘？"

李四也不理他，自顾自倒了一杯茶，慢条斯理地喝着，还不时地向苏菲飞个桃花眼，气得吉祥倒仰。苏菲倒是镇定自若，对李四的各种挑逗视而不见，目光看向窗外，欣赏风景去了。

吉祥恨恨地骂："摆什么臭架子，老子懒得鸟你！"抬腿就向外走。才迈出去两步，猛听头顶"哗啦"一声巨响，整个天窗从屋顶碎裂摔下，同时跌下来的，还有两个抱在一起扭打的人。

李四早有准备，一个箭步跳上前，擒住其中一个较为瘦小的人，掏出绳索迅速绑好。

薇拉拍拍身上的灰土，站起身说："小姐，这小丫头果然躲在天窗那儿偷听，我刚靠近，她就发现了，我怕她跑了，就抱着她摔下来。"

那被抓的是个十三四岁的少女，模样俏丽，只是神情凶狠，嘶嘶低叫，双手被缚，仍在拼命挣扎，李四几次差点被她挣脱。

吉祥细一端详，"咦"了一声："李四，我们见过她，就是救我们出洞的那个野丫头。"

李四也认了出来，当时虽然只是惊鸿一瞥，但这少女灵活的身手和出色的水性给他留下了极深的印象。此时她神情中掩饰不住极度的惊恐，活像落入陷阱的小兽，无助、绝望却又想垂死一搏。

"小姑娘，我们不是坏人，不会伤害你。"李四举起双手示弱，"你救了我们的命，我们都很感谢你。你先冷静下来，听我们说，好不好？"

或许是李四的温言细语起了作用，少女慢慢安静下来，虽然乌黑的大眼睛里还有惶恐不安，但不再像先前那样极度惊惧了。

李四小声说："我会解开你的绳子，不过你别再打我。上次抽的那一鞭，到现在还很痛呢。"

他愁眉苦脸的模样令少女一愣："我……我不打你就是。"

苏菲忍俊不禁，赶紧喝茶掩饰。吉祥看着苏菲的微笑美丽不可方物，完全傻了。只有薇拉目不转睛地盯着少女，神情警惕。

李四小心地解开绳子。少女揉了揉手腕，目光从大家的脸上一个个看过去，惊疑不定。

苏菲柔声问："小妹妹，你叫什么名字？"

少女看了苏菲一会儿，大概觉得她没有什么威胁性，便回答了："我叫海珍珠。"

"咣"的一声，苏菲手里的茶碗掉在地上，脸色大变。吉祥一吓，回过神来，赶紧转开了目光。

李四脑中一片混乱，脱口问："你的父亲也是海老大？"

少女不高兴地说："我爸爸当然是海老大。"

吉祥张嘴"啊啊"两声，急问："你有姐姐吗？是不是跟你同名？"

"我爸爸就我一个女儿……"少女突然明白过来，"你们遇到另外的人，自称是海老大的女儿海珍珠？"

一股寒气从李四心头升起，瞬间传遍全身，吃惊、懊恼、后悔、愤怒、无力等各种情绪交织，一时五味杂陈，心情复杂之极，颓然坐倒在椅子上

苏菲本已料到几分，只是不敢相信，看见李四这般失魂落魄，更加坐实了自己的判断，再也无法维持从容的模样，脸上血色尽失，贝齿深深咬进了红润的嘴唇。

薇拉本能地感觉到不对，可是她心思单纯，猜不到那么多，慌乱地问："怎么了？怎么了？"

李四垂头丧气地说："那个海珍珠是假的！"

薇拉不解地说："不一定，这个小丫头也有可能是假的。"

少女气愤地嚷："你才是假的！"

李四苦笑："那些人早知老板要来小岭村，于是提前来这里布局，想引老板上当。村民太多，难以一一收买，又怕村民泄密，索性杀死了所有的人，扔进了海洞，结果招惹来那些海怪吞食。估计海怪吃了尸体后狂性大发，到处觅食，又把吉祥给拖走了。吉祥，你还记得海洞中那些半腐烂的尸体吗？"

吉祥一回想当时的情景便脸色发白："记得，谁看了都会一辈子做噩梦！这么说，凶手杀老田，也是一样的理由？"

"对，当时整个村中，只剩下刚刚探亲回来的老田，偏偏那么巧，我们找他租房。如果雨停之后，他见到那些冒充村民的凶手，一切都会揭穿。凶手当时应该隐藏在暗处监视，所以，趁吉祥离开的短短一刻，杀了老田。"李四咬紧了牙，"这些凶手真是太狠毒了，连婴儿都不肯放过！"

大家被如此惨绝人寰的大屠杀惊呆了，屋里一片寂静。过了一会儿，海珍珠抽抽噎噎地哭了起来。

苏菲忍不住将海珍珠搂进怀里，得到安慰的小姑娘终于放声大哭。薇拉也红了眼睛，笨拙地拍着海珍珠的后背，喃喃着她自己也听不清的话。

吉祥突然惊跳起来："那陈先生跟凶手他们出海……"

"这一点薇拉可能说对了，先生是受了威胁，被迫跟他们离开的。"苏菲盯着李四，"凶手放过你和吉祥，必定是先生恳求的结果。"

这下连吉祥也沮丧不已："这保镖，当得太失败了。"

李四心里像是被钉子扎了一样的难受，身为保镖，最后反而让老板来保护，这面子可丢大了，简直是奇耻大辱。

他暗自冷笑，竟敢在黑豹面前耍花枪，自己真是退隐太久，江湖都忘记了黑豹的本事和手段，看来是时候重塑江湖雄威了……

苏菲突然感受到一股凛冽的杀气，自李四身上散发开来，凶狠威猛却又有一种不屑的优雅，仿佛睥睨天下的黑豹，正蓄势待发！

这个男人危险迷人，行事不羁浪荡却又恩怨分明，上海滩没有人敢招惹。也只有陈奇那种久在象牙塔里的书呆子才会招他当保镖，对其危险性一无所知。

海珍珠哭得累了，肩膀一抽一抽的。薇拉对这个比自己年龄还小的少女产生了怜爱，掏出手帕替她拭去脸上的泪水，又倒了碗茶给她喝。

李四忽然问："小妹妹，你是怎么逃脱他们追杀的？"

"前两天我出海去了，昨天才回来，然后就发现一群人跳傩戏，可是现在并不是跳傩戏的季节，那些人我也不认识，后来发现那些海石花在海底眼的洞里闹腾，我就撒石蘑粉进去，然后看见村里人……"海珍珠说不下去了。

"海石花？"吉祥忽然明白过来，"那些圆盘子似的海怪？"

海珍珠点头："对，我们当地人就叫它海石花，不过只生活在海底眼，外人都不知道。"

"这海怪原来是你们养的？为什么你们要养这种恐怖的海怪？"李四扶额。

"海石花虽然饥饿的时候会吃人，但它出产夜明珠。很久以前，小岭村的祖先捉了许多海石花，扔在海底眼里，平时喂它们死猪死鸡死鱼什么的，到时只要用一种蘑菇粉撒下去，它就会自动张开壳子，吐出夜明珠。村里每十年开壳一次，只要能找到一颗夜明珠，就够全村人吃好几年了。”

原来如此，李四明白了前因后果，暗自心疼那颗被冲走的夜明珠，又问：“你救了我们上去，以为我们是凶手，就逃走了？”

海珍珠点点头：“我不是有意打你的，我只是……太害怕了……”

她不敢露面，只是暗中跟踪观察，直到被薇拉发现。

谜题解开了，可是更大的不安攫取了李四的心脏：陈奇被那伙凶手挟持出海，不知会遭受怎样的折磨，更不知会面临怎样的危险。

其他人自然也想到了这点，薇拉性急，满屋子乱跳，直嚷：“怎么办？怎么办？陈先生身边一个帮忙的人都没有，会不会出事？”

吉祥插口说：“急有什么用，除非咱们弄艘船追上去。”边说边看向苏菲。

“船，我倒是有，只是茫茫大海，我们又不知仙山的方位，怎么追？”苏菲的反应可快多了，一瞬间早已将可行的办法全部列了一遍，但最关键的问题却是不知陈奇的去向。

李四想了半天，也没有什么好办法，最后不抱希望地问海珍珠：“你有没有看见码头上的那艘大船，开到哪里去了？”

哪知海珍珠的回答出乎意料："我能找到那艘船。"

"什么？"四个人全都吃了一惊，苏菲抢先问："怎么找？"

海珍珠被他们的反应吓了一跳，嗫嚅着说："我……我叫小猪跟着那艘船……"

"小……小猪？"李四简直怀疑自己的耳朵有问题，"一头猪？"

"不是猪，是海豚！"海珍珠不高兴地反驳。

这下轮到大家吃惊了："你会驯海豚？"

"小猪是我从小养的，就跟我的兄弟姐妹一样。我出海的时候，都是它驮着我去。"

李四这才发现，海珍珠穿了一件奇怪的衣服，银灰色，极似海豚皮，十分光滑，如同紧身衣，紧箍着少女玲珑的身体。

苏菲猛地一拍桌子："真是天无绝人之路，我们马上出海去追！"

风和日丽，大海的微波如摇篮一样轻轻晃动，海鸥在空中翻飞鸣叫。在清爽的海风中，长安号乘风破浪，驶向辽阔的大海深处。

苏菲带来的是一艘蒸汽机动船，以燃煤为原料，航速10节左右，原本是往返于上海和南洋的小货轮，临时被苏菲调来的。

李四和吉祥在船上转悠了一圈，赞叹不已。等他们听到这艘货轮以及海运公司是属于陈奇的，都惊呆了。

"我想知道我家老板到底多有钱？"李四傻傻地问。

苏菲微微一笑："先生到底多有钱，我没法回答，不过我可以告诉你，陈家是南洋的巨富，银行和公司遍布南洋，只是先生对做生意兴趣不大，喜欢研究学问，所以应聘在震旦大学当教授。哦，我想先生没告诉过你，他还是震旦大学的大股东之一。"

李四努力显得不那么咬牙切齿："看来我有必要和老板谈谈薪水问题了。"

吉祥感叹说："真搞不懂有钱人，明明钱多得花不完，也不打根粗金链子挂着。换作我，肯定要包七八颗大金牙，一笑起来多显摆。"

李四鄙视地说："瞧你这点出息，活该一辈子穷光蛋！"

长安号船长姓何，此时正好走过来请示航行方向，苏菲拉着海珍珠问。海珍珠二话不说，取出一个银哨吹了起来。

奇怪的是，银哨却没发出一点声音。李四练过功夫，也只能勉强辨出空气有丝丝波动，仍然听不见任何声音。

正当众人奇怪之时，船边却跃出了几条海豚，欢快地嬉戏，其中一条几乎跳上船，口吻张合，似是十分欢喜。

海珍珠听了片刻，指着前方说："那艘船向云雾滩驶去了。"

苏菲心思很细，发觉海珍珠脸色有点不对，忙问："怎么了?"

海珍珠小声说:"云雾滩那边终年笼罩着云雾,险滩漩涡无数,是个极危险的地方,平时航船都会避开那里,我也只去过一次……"她忽然停住了,打了个冷战,稚嫩的小脸上流露出惊惧的表情。

何船长忽然说:"这个小妹妹说得对,云雾滩那边是航船的禁忌,小姐,我们真的要去那里?"

水手们听说要去云雾滩,全走了过来,个个神情严肃,显然都听过云雾滩的恶名。

李四抢着说:"只要在到达云雾滩之前抢先追到那艘船,救出老板,不就成了?"

众人恍然大悟,立刻四散奔到各自的岗位努力工作去了。

苏菲忍不住一笑:"想不到李四先生这么会蛊惑人心。"

李四懒洋洋地眯了眯眼睛:"错,我不过是擅长讲道理罢了。"

他顺手从口袋中摸出那颗从海底眼得来的珍珠,对着光照了照成色。苏菲一眼瞥见,微露诧异之色。此珠大如龙眼核,颗粒圆整,宝光流动,夺人眼目,如此上等的货色,价值不菲,在上海,绝对是抢手货。

李四注意到苏菲的目光,微微一笑,随手递给苏菲:"送你了。"

苏菲惊讶地看着李四,却不肯接:"为什么要送我这么贵重的礼物？"

"红粉赠佳人？"李四将珍珠抛过去，苏菲不由自主接在手中，手指稍稍一捻，圆润光滑，确实是一粒极上等的珠子。

"老话说，无事献殷勤……"苏菲虽然没说后半句，可李四当然知道后半句是什么。

"我只是很好奇，咱们那位小个子老板到底是什么来路？我觉得他远远不止考古学教授这么简单。"李四忽然紧盯着苏菲，"我想，你大概知道老板去仙山的真正目的吧？"

苏菲怔了怔，眸中闪过一丝波动，但随即变得冰冷："黑豹果然见识不凡，聪明过人，不过我劝你一句，聪明人往往死得快。"

她手指一弹，珍珠在空中划出一道弧线，落入大海。

"一粒珍珠就想换先生的底细？"苏菲嘴角掠过讥讽的冷笑，转头不再理会。

李四也不生气，耸耸肩便作罢了。他也没指望苏菲会吐露真言，只是试探而已。看来苏菲确实知道陈奇出海的用意，从她雷厉风行的举动来说，只怕事情已到了万分危急的时刻。

陈奇就像奇异的谜团，吸引着李四的好奇心，一点点去探索那些背后的故事。

吉祥忽然凑到李四的身边，嘲笑道："看来李大情圣也有吃瘪的一天，帅脸通行证失效了？"

"你行你去啊？"李四懒得理会吉祥，转身向海珍珠走去。这个十多岁的小姑娘已经露出疲乏的神色，显然这两天她过得很不好，只是强撑着不说。无论她怎么坚强，突然失去整村的亲友，心灵上所受的冲击可想而知。

李四轻巧地走到海珍珠面前，含笑问："我有点饿了，咱们去厨房找点东西吃，怎么样？"

海珍珠俏丽的脸庞亮了起来，跟着李四蹦跳着去了厨房。

薇拉哼了一声："这家伙哄小姑娘倒有本事。"自从输给李四之后，她心里一直不服气，只是碍于陈奇的命令，不能再比试，难免看李四不顺眼。

苏菲抿嘴一笑："你也可以试着哄小姑娘，只要胜过李四就行。"

"我才不要，我又不是奶妈。"薇拉扭身进了船长室。不知为何，她对航海有着出乎寻常的兴趣，只要在船上有空，就一直待在驾驶室里。

甲板上只剩下吉祥和苏菲。

这本来是一个极好的独处机会，吉祥却突然慌乱起来，脸涨得通红，几次张嘴都没能发出声音。幸而苏菲并没有注意他，只是望着水天一色的大海出神。海风吹起了她脖颈上系着的白纱巾，拂过她娇美的脸庞，明亮的杏眼中含着与她的年龄不相称的沧桑和深沉，仿佛是时间的沉积。

吉祥又试了几次，终于泄气地放弃了，面对高贵优雅的苏菲，感觉自己真像传说中的癞蛤蟆，正在觊觎美丽的天鹅，不禁自惭形秽，悄悄地溜走了。

"喵……"一声低鸣传入耳中，苏菲回过头，辟邪蹲在一边，正好奇地看着她，碧绿的猫儿眼有一种奇异的亮光闪动。

苏菲和辟邪对视了片刻，弯腰戳了戳辟邪的脑门："看来你和我都有秘密，小猫咪，不过，我相信你会替我保守秘密的。"

辟邪不动声色地向后一跳，避开苏菲的手指，严肃认真地盯了苏菲一眼，突然摇着尾巴跑向了厨房。

苏菲望着辟邪的身影，若有所思。这只奇怪的猫除了勉强能忍受李四的碰触，跟谁都不亲近，总是一副嫌弃的嘴脸，可是眼中那种冷峻通灵的表情，总让人觉得这猫随时会开口说出别人的隐秘，令人无所遁形。

难怪西方人说猫是女巫，面对辟邪的眼睛，苏菲不知怎么竟然心生畏惧，一转念，又哑然失笑，看来自己最近过于紧张，失了分寸，或许，只有救回陈奇，才能让紧张的心平静下来。

苏菲垂下眼帘，细密卷长的睫毛在皮肤上留下一圈深深的黑影。脑海中浮现的，都是陈奇的各种画面，严肃的、认真的，微笑的，关怀的，温柔的，一时间占据了她的全部思绪。

铅灰色的大海冰冷阴暗，海面上飘浮着阵阵雾气，忽浓忽淡。已显破败的大船如幽灵般驶过海面，划开一道白色的浪痕，大团乌黑的云低垂，好像从天空压下来，几乎碰到船梢。风帆随着海风飘动，发出"噗噗"的声响，好像招魂的灵歌。

　　陈奇站在船头，望着阴云密布的天空，神色凝重。再向前行驶便是云雾滩，那些险恶不祥的漩涡已经在船边出现，尽管只是小型的，但已经让航船感受到了它的威力——船身震颤不已，航向几次偏离，都被船长强行校正过来。

　　尽管头晕目眩，恶心欲吐，但陈奇仍然执拗地站在甲板上，默默背诵着月亮运行的轨道数据。月亮在特定的时间在天空运行到特定的位置，就会现出血红的颜色，那也是月球引力最大的时刻。

　　天空的乌云预示着暴风雨即将来临，陈奇只有祈祷，希望这一次，老天爷别再作梗，让他能顺利地实现长久以来的心愿……

　　"海珍珠"带着东来走过来，即使戴着斗笠蒙着面纱，陈奇也能感觉到她压抑的怒火和烦躁。

　　"陈教授，希望你的说法是有根据的，而不是想引这艘船进入云雾滩这种死地，难道你另有目的？""海珍珠"伸指戳了戳陈奇的心脏部位，"这世上还没人敢在我的眼皮底下耍花样!"

陈奇平静地回答："没有解开蓬莱仙山的谜团,我还不想死。没有我的合作,你也不可能找到仙山。我甩下两个保镖跟海小姐前来,难道还不够诚意?疑人不用,用人不疑,海小姐莫非不相信你自己的判断?"

不得不说,身为教授,陈奇的口才相当出色,"海珍珠"把他的话寻思一遍,竟然发现找不出任何理由反驳,再看陈奇一脸的真挚坦诚,不似作伪,料想这个书呆子教授翻不出自己的手掌心,便悻悻地说:"云雾滩有无数的漩涡和暗礁,船一不小心就会撞上,我真不明白你为什么指引船闯进这个鬼地方。"

"我已经解释过了,这是和月亮运行轨道相对应的海面,我也不知道会在这种险峻之地。"陈奇无奈地扶额。

"海珍珠"一直仔细地察言观色,确信陈奇并非故意为之,心里松了口气。没有保镖的陈奇简直就是一只弱鸡,根本不可能形成任何威胁,除非他想自寻死路……

这种想法让"海珍珠"感觉不舒服,心念一转,不见到仙山估计陈奇不会轻举妄动,所以,目前双方还能和平共处。

"陈教授,仙山究竟有什么秘密?""海珍珠"试探着问。

陈奇用力咬住嘴唇,似乎在压抑什么,半天才说:"仙山有什么,我想海小姐比我更清楚。"

"海珍珠"微微一惊,干笑两声,刻意做作的声音变得更加尖细:"陈教授说笑了,我若是知道,还用得着问你?"

陈奇平静地看着"海珍珠",目光睿智深邃,似乎有一种洞悉人心的力量,令人无从遁形。

站在旁边的东来猛地掏出枪,对准了陈奇:"老实点,不要耍花样!"

陈奇眼中露出了惊恐的神色。东来先是得意,紧接着发觉对方并未看着自己,于是顺着他的目光向上看去,霎时目瞪口呆。

浓黑的天空裂开了一道缝,红色的月亮显露出来,低悬在半空,将海面照出一片血色,似乎是地狱血海,隐藏着无数噬人的妖魔,异常诡异。

"血月亮!"不知谁大喊一声,恐慌像瘟疫一样传染开来,人人惊惧万分,瞪着天空中血红的圆盘,仿佛看到了死神。

"海珍珠"一生从未如此震撼,眼光再也无法从血月亮上移开。那血红的光晕神秘莫测,魔幻、邪恶,像地狱的深渊,张开了贪婪的大口,准备收割灵魂。

虽然已经不是第一次看见血月亮,陈奇仍然忍不住双腿颤抖,但是他随即发现,抖的不是腿,而是……船!

轻微颤抖转眼变成了强烈的抖动,陈奇站立不稳,滚倒在地。

甲板上的人一片鬼哭狼嚎,似没头苍蝇一样乱窜,走不了几步便纷纷摔倒。

"怎么回事？"东来大吼，一把揪住陈奇的衣领，"你在搞什么鬼！"

"嘭"的一声大响，似乎有什么东西撞上了船底，船身剧震，人和物品全部被震得抛向半空，又跌回甲板。

陈奇勉强睁开眼睛，眨了眨，将眼镜推正，模糊的天空渐渐清晰，头顶的血月亮几乎近在眼前，却迅速地向旁掠去。

"倾斜！船在倾斜！""海珍珠"尖叫着，从陈奇身边滑过，斗笠摔了出去，露出浓妆艳抹的脸。

陈奇试图抓住什么，但是光滑的甲板无处着手，迅速向船侧滑去。东来抓着他来不及松手，跟着滑下去，一头撞上了船舷。

"船要翻了，快跳海。"几个水手吼叫着，一个接一个向海里跳去。

惨叫声接连不断传来，夹杂着"砰""扑通"的落水声。陈奇攀着船舷挣扎着起身探头向下看，飘浮来去的迷雾，隐约似乎有什么东西冲破雾气，升向半空。

第八章

　　漆黑的夜，伸手不见五指，长安号只能依靠船上的探照灯打在海面上的微弱光路，小心翼翼地行驶。前方就是云雾滩，无数暗流和险礁隐藏其中，随时可能给长安号致命的一击。

　　驾驶室气氛沉重，何船长全神贯注亲自驾驶。如此黑暗的海面，平生仅见，他只能靠着多年的经验，加上罗盘的指引，控制着航向。

　　苏菲和薇拉也在驾驶室，忧心忡忡，沉默不语。

　　李四站在船舷边，注视着暗沉无边的大海，尽管他没有航海经验，也嗅到了危险的气息。而陈奇还在凶手的船上，不知生死，这种焦急却又无能为力的感觉让他十分烦躁，便掏出一根烟，想要点燃。

　　打火机的火苗被风瞬间吹灭，但李四已经瞥见船边漂过一块木板，不由得一激灵，转身飞奔向驾驶室。

　　"停船！"李四大吼。

所有人都吃惊地看着他。

"水面上漂浮有木板！"

何船长倒吸了口冷气，这意味着有船只在大海中倾覆。

他立刻启动倒车，降速，但是由于货轮的巨大惯性，轮船依旧向前行驶。

突然，一阵不祥的"喀啦"声传来，仿佛什么东西在碎裂，紧接着是海浪的咆哮声，一阵高过一阵，如同山崩海啸一般，轰鸣不绝。

人人面色惨白，长安号突然剧烈抖动起来。

巨浪从天而降，将驾驶室的玻璃拍碎，呼啸着横扫过来，除了何船长，其他人都被海浪冲倒，在水中扑腾。

"左满舵，避开浪峰！"何船长大吼，快速扳转舵轮，长安号勉强侧偏船头，斜刺里冲上浪顶。

李四顺着水流漂到门边，伸长左臂一把抓住门框。还没稳住身体，苏菲已经被冲过来，他急忙伸右手拦腰搂住了她。谁知薇拉跟着也滑过来，李四急中生智，屈腿蹬住门框，薇拉硬生生地撞在他膝盖上，好不疼痛。

大浪涌过去之后，李四湿淋淋地爬了起来，嫌弃地吐出嘴里的咸水。苏菲和薇拉一样狼狈不堪，从头到脚流着水。

又是一声凄厉的喊叫响起："救命啊……"

"吉祥？"李四不顾腿痛，风风火火冲到甲板上，却到处不见吉祥的踪影。仔细辨别喊叫声，却从船头下方传来，李四探头向下一看，吉祥双手挂在一条缆绳上，摇晃欲坠。

"别动，我拉你上来。"李四跪在甲板上，双手拉着缆绳向上拽。听到喊声的水手也过来几个帮忙，才拉了几下，忽听潮声再起，一抬头，从海底所掀起的巨浪一层层堆积，高如大楼，迎面冲击而来。

水手们发出惊吓的叫喊，纷纷逃向船舱。经验丰富的他们能够判断出浪涛的危险程度——显然在这种程度的巨浪拍击之下，几乎无人能幸存，不死也会被拍进大海。

"快上来！"李四急红了眼，拼命拉着缆绳。吉祥已经精疲力竭，此时再也握不住缆绳，一点点向海面坠去。

突然，两只细腻白嫩的纤手伸过来，猛地一拉缆绳，吉祥向上一冲，另外两只手及时捉住了他的手腕。

李四没想到苏菲和薇拉两位姑娘如此勇决果敢，竟然帮着将吉祥拽上来，忙探身一把抄到吉祥的腋下，试图将他拖上甲板。

巨浪咆哮着矗立在半空，看上去几乎有五层楼高，映着血月亮的红光，仿佛是深海妖兽的血舌一样恐怖。

何船长的嘶吼声从驾驶室传来，船上的人几乎能听见舵轮疯狂转动的声音，最正面的浪峰正在偏离船头，但是侧峰仍然威力巨大，铺天盖地拍打下来。

刹那间，李四好像被巨灵神掌拍中，五脏六腑像是击碎了一样，痛得眼前发黑，全身瞬间淹没在水中，无法呼吸。强大的海浪冲击力将他甩向一边。他一只手死死抓住船舷，另一只手紧抓着吉祥，胳膊像是被扯断了一样剧痛。

一松手，便是死亡深海，巨涛骇浪中，根本不可能救援……

黑暗，窒息，无边无际，身体坠重却又无处着力，一秒像一个世纪那样漫长，死神近在咫尺，露出狰狞而凶残的面目……

忽然，李四腰上一紧，似乎被什么拉扯住了。他借着这股力量，往回猛地一拉吉祥。吉祥的身子迎着风浪倒飞回来，跌在李四身上，滚作一团。

大浪从轮船泻去，众人全倒在甲板上，不住地呛咳着。

海珍珠跑过来，从李四腰间解了银鞭，问："你们不要紧吧？"

"咳咳咳……多亏有你，不然今天大家都喂鱼了。"李四惊魂未定，咳个不停，感觉被淹得只剩下半条命了。

吉祥顾不得头晕眼花，挣扎着挪过去，紧紧握住了苏菲的手："苏小姐，你是我的救命恩人，我吉祥这条命归你了。以后不管是刀山火海，只要苏小姐你一句话，我立马跳。"完全无视另外三位救命恩人。

李四一把打开吉祥的手："你怎么不谢我？"

"哎呀，咱们兄弟多年，不用客套了。"吉祥转头又想去握手，谁知苏菲和薇拉互相搀扶着起身，正拉着海珍珠道谢。

苏菲突然"咦"了一声，神色惊异，似是被什么吸引了一样，不顾海浪冲刷，一步步走向船头。

前方隐约有一层光幕，船越靠近越亮，仿佛是一道光门。

所有的人都像是被定在了原地，呆呆地看着这奇景，静待着光门之后的天地。

一瞬间，长安号像是冲破了海天之间悬浮的无形黑墙，缓缓驶入光明世界，巨大的血月亮悬挂在头顶，仿佛伸手可触，血红的光晕朦胧不清，将大海染上了一层红光，分外凄艳。

"山……山……"吉祥突然厉声大叫，指着船头，手指直哆嗦。

薇拉也叫了起来："山在动！"

"不对，山从海里升起来了……"苏菲已经无法形容内心的惊骇，眼睁睁地看着一座山从海中越升越高，巍然直冲霄汉。虽然离得很远，仍然能感受到那种宏伟壮观，不可一世的气势。

李四目瞪口呆，半晌才喃喃说："那是蓬莱……从海里浮起来的仙山……"

原来，蓬莱仙山缥缈难寻，是因为大部分时间它隐藏在海里，只有在血月亮出现时，才会被强大的月亮引力所吸引，浮出水面。

血月亮的红光笼罩着蓬莱仙山，美不胜收又阴气森森，充满诱惑和杀机。

"喵嗷……"一声凄厉之极的猫叫声刺破夜空，辟邪不知何时跳到船头的栏杆上，对着仙山哀鸣。

在这云谲波诡的神秘海上，听到婴儿哭声似的猫嚎，每个人都不禁毛骨悚然。

薇拉忽然跳了起来，指着山顶叫："快看，船！山顶有艘船！"

"怎么可能……"苏菲的声音戛然而止。

仙山的最顶端果然停着一艘船，在狂风中左右摇摆，发出"喀啦喀啦"的崩裂声，不时地有零星碎块掉落海面。

海珍珠目力极佳，立刻认了出来："那是村里的大渔船！"

李四脱口而出："糟糕，老板在船上。"

苏菲的脸色变得惨白："我们马上过去接应先生！"

正在说话之时，那船已经摇摆到最大幅度，稍稍停顿了一下，轰然倾覆，从山顶翻滚下来，几个碰撞之后，轰隆一声巨响，彻底摔碎在海滩。

仙山灵域，云雾飘荡，处处香草仙芝，清芬袭人。沿路走来，但见玉石玲珑，随意上下，皆成台几，随处摆放着犀角杯、玛瑙碗、琉璃盘，盛着玉液琼浆、蟠桃金果，更有窈窕仙子，穿梭其间，妙音轻笑，霓裳飘摇，仿佛人间天堂。

正在艰难跋涉的一行人见到这等奇景，欢呼着冲过去。可是只要手伸过去，那些杯盘果实便倏忽消失，轻歌妙舞的仙子欢笑着化为云烟。退后几步，一切又恢复原状，依然是美妙胜境，永远可望而不可即。

"海珍珠"铁青着脸，已懒得再喝骂。一路行来，不知经历了多少次幻景，手下还是上当，好几次，连她自己也信以为真，扑过去才发现是海市蜃楼。

她脸上的脂粉大半被海水和汗水洗去，残褪的颜色晕染开来，整张脸像画了个大花面。

陈奇坐在石头上捶着疼痛的腿，抬头看着一轮冰盘大的血月，斜挂海面，海天寂寂，宛然如梦。

船在山顶上翻落时，大部分人没能逃出来，要不是"海珍珠"和东来及时拽了他一把，恐怕他早已摔得粉身碎骨。

剩下的十余人在仙山摸索着前行，先是峭壁峥嵘，继而峰回路转，没过多久就遇见了各种奇景，却是瞻之在前，忽焉在后。最要命的是，蓬莱仙山看起来方圆也就十几里，可他们走了一夜，始终在山里转圈，甚至眼看就要到海边，路径回环，却又远离，一行人继续陷在幻境中，无法走出。

蓬莱仙山表面上看起来仙霭祥和，其实危机重重，步步陷阱。

那些再度扑空的人已经累极，横七竖八躺了一地，无论东来怎么呵斥怒骂，也不想再走一步。

东来终于失去了耐心，冲回来抬手"砰"地向陈奇脚下开了一枪，激起的碎石划过陈奇的额头，顿时鲜血长流。

"你是不是在耍我们！老子宰了你！"

"海珍珠"伸手拦住了东来："陈教授和我们一样，第一次上蓬莱仙山，不知这里的险恶，别错怪了好人。"

陈奇掏出手帕，不紧不慢地擦拭着额头的血，淡淡地说："这个时候就别唱红脸白脸了，留点力气想想临终遗言吧。"

"海珍珠"脸色微变："陈教授不要开玩笑，你我应该同舟共济，早点解开仙山之谜。"

"你会和杀人凶手同舟共济吗？"陈奇看着"海珍珠"骤然变得凶狠的脸，"你不会，我也不会。"

"海珍珠"心念电转："原来你早就知道我不是海珍珠。"

陈奇微微一笑："你当然不是海珍珠，身为男子，假扮妙龄少女，真是委屈你了，宋景弘先生。"

"海珍珠"并未特别惊讶，倒是东来气急败坏，一拳打在陈奇的脸上。陈奇哼了一声，半边脸火辣辣地疼，嘴角流出了血。

"海珍珠"摸出怀里的手帕，擦拭掉脸上残余的脂粉，又摘掉了潮湿沉重的假长发，也不再刻意假装女人的扭捏动作，显露出宋景弘真实的模样。

东来低声说："小姐……不，少爷，赶路要紧，不要听这个家伙乱讲话。"

宋景弘环视周围："走了大半夜，大家也累了，走夜路总遇到这些幻境，很危险，不如等到天亮，或许这些幻境就会消失，再搜索仙山就容易多了。"

既已露了真容，他也不再隐藏嗓音，从女人的尖细恢复成男子的低沉。

东来想想也有道理，便吩咐手下原地休息。那些人已累到极点，没多久就睡成一片。

陈奇暗暗松了口气，低头擦着脸上的血，神色疲惫不堪。

"你识破我不是海珍珠，倒不稀奇。"宋景弘一向善于吸取教训，决定向陈奇问个清楚，"只是你怎么猜到我是宋景弘？我到底哪里露出了破绽？"

陈奇看了看天空，血月亮开始向海里沉去，黑夜正在退散，东方出现了微蓝。

"第一，口音！你和这个东来模仿了当地人的口音，其他手下却不会说。你也知道这个问题，一直不让别人与我说话。不过你忘记了一件事，那天在祭台上，你的人大吼大叫，一口北方味儿，想不注意都难。"

宋景弘看着那群呼呼大睡的手下，叹了口气："这群废物，成事不足，败事有余。"

"你们既然不是小岭村的人，你自然也不会是海珍珠。虽然你扮的女子举手投足都很像，但是却有一点做戏的夸张，而且整天戴着斗笠面纱，仿佛不愿意见人似的。最可疑的是你的声音，虽然像女子一样尖细，却并不是真嗓所发，而是用了假嗓，将音调拔高之后变得尖锐。这种发声方法一般只有梨园弟子中的男旦和小生才会运用。所以，我才想到，假扮海珍珠的人，极有可能是个男子。"

"看来陈教授对京戏颇有研究，这点是我疏忽了。"

"第二，村民。你怕小岭村的村民泄密，就全部杀死弃尸，然后故布疑阵，举办海祭唱傩戏，掩盖村民失踪的事实。只是你没想到李四居然能从海底眼中逃脱，并且发现了村民的尸体。这么狠毒的灭口手段，我以前只见过一次，那就是青斧帮！"陈奇愤怒地盯着宋景弘，脸涨得通红。

"没想到死去的青斧帮也能泄密！"宋景弘毫不在意地笑了笑，"我低估了你的智慧。"

陈奇冷冷地说："你屠灭小岭村，就等于提醒我，杀害姜教授夺走血月亮的凶手，已在我眼前了。"

宋景弘怔了怔："我费尽心机布了绝妙好局，没想到却错在这里。"

"这么多条人命，在你眼里不值一文吗？"陈奇质问。

"成大事者，必有所牺牲，大丈夫不拘泥于小节，才能成就功业。"

陈奇闭了闭眼，胃中一阵恶心翻腾，头部一跳一跳地疼，似钢针在攒刺。

"视人命如草芥，你真是毫无人性！"

东来一听，又是一拳打去，宋景弘反而替陈奇挡住了：

"你再打一次，他就没法回答我的问题了。"

眼前的眩晕让陈奇看到的景物模糊不清，他咬了咬牙，努力保持着声音的沉稳："推断你的身份并不难。凶手来自上海，夺走秘藏的血月亮，杀害姜教授，同时又能获知我的出海寻访计划，此人必定与我们几个考古教授相识。要知道，血月亮藏在姜教授家的保险箱里，需要密码和钥匙。而姜教授却是被血月亮杀害的。凶手必是预先取走了血月亮，害怕姜教授发现真相，这才杀人灭口。不是深知内情的人，怎么可能办到？"

宋景弘倒吸了口凉气："原来你在上海就开始怀疑我！"

陈奇忍着眩晕，慢慢站起身："是的，不过我怕巡捕房的人不可靠，就拜托唐三夫人帮忙调查。原本还没确定是你，没想到你竟然带着笔记资料前来找我，才让我心中雪亮。"

宋景弘皱起眉头："这一步又错在哪里？姜教授说过，血月亮的考古资料世间只有这一份……难道是伪造的字条露出了马脚？"

陈奇指指自己的脑袋："你伪造姜教授的字迹确实神似，但是你忘了我的记性，所有的资料都在我脑海里，姜教授不会多此一举派你再送。我猜是因为你看不懂笔记的古文字，才冒险走了这一步。"

宋景弘长叹一声："我以为我布的局完美无缺，谁知道处处破绽。"

"真相就在眼前，只是寻常人忽略了太多的线索。"陈奇又瞥了一眼天空，血月亮已经接近地平线，血红的颜色也转成了浅红，衬着深蓝的大海和天空，分外妖娆。

宋景弘顺着陈奇的目光，也转头看向血月亮，并未发现异状，心中惊疑不定。凌晨的雾气更浓重，掩去了那些奇景，蓬莱仙山变得更加神秘莫测。

陈奇发现宋景弘起了疑心，立刻续道："这样一来，天蟾舞台发生的绑架案也就好解释了：你在看戏之时撒了迷幻的药粉，等我和李四产生幻觉，将我们引到走廊上。没想到李四意志顽强，竟然能控制自己的心志，你只好用纸偶术加强迷幻，引他上了楼顶。你大概打算逼他跳楼，只是李四的潜意识强烈反抗，最终居然摆脱了幻觉，发现你把我带走了。"

他说话越来越快，宋景弘不得不全神贯注地倾听，才能跟上他的语速。

"你带我去海上，是因为李四追得太紧了？"

宋景弘不悦地哼了一声："这蠢货追得还真快，连清净问个话都不行，出海也没能摆脱他，不然我早就从你这儿得到需要的消息了。"

"看来我雇保镖的眼光还不错。"陈奇觉得头更晕了，勉强撑住不倒下，"你跟着我们出行，实际上是为了监视，但是并无收获。所以中途你假装被偷袭抓走，我就知道你是急于脱身，以便安排其他陷阱，只是当时我还不知你是为了去假扮海珍珠。"

宋景弘恍然大悟:"难怪你没有费时间去找我……"心中十分沮丧,从头到尾,陈奇都知道真相,一直冷眼旁观,自己还在为完美的布局洋洋得意,实在贻笑大方。

"等我断定海珍珠是一个男子假扮时,再联想到你之前的嫌疑,答案也就出来了:宋景弘就是真正的幕后主使,杀害姜教授的凶手!"

陈奇凄厉的声音在寂静的黑夜中格外刺耳,宋景弘不禁一阵心惊,看着天边的血月亮,那种不祥的感觉又涌了上来。

陈奇偷偷四顾,其他人全睡着了,连东来也倚在一边打盹。血月亮的底端已沉入海中,颜色也褪成了极淡的粉红。

发现宋景弘似乎感受到了什么,陈奇心中一急,又抛出一个重磅炸弹:"真正的宋景弘早就死了!"

"什么?"宋景弘如中霹雳,脸色剧变,"你不可能知道……"

"我不可能知道你冒充了宋景弘?"陈奇冷笑,"我一直在想,作为潜心学术的研究生,宋景弘怎么会如此残忍嗜杀?又怎么会神秘的纸偶术?又怎么会唱字正腔圆的《贵妃醉酒》?所以我请唐三夫人派人回宋景弘的老家调查,他们带着你的照片,现在已经不需要验证结果了。"

"宋景弘"错愕片刻,突然放声大笑:"陈教授,你简直可以当侦探了。"

陈奇只觉得头越来越痛，似有铁锤击打，忍不住用力揉着额角："这本来就是我的本行，从考古发现的材料中推断古人的当年事……"

他猛然瞪圆了眼睛："思想起当年事心中惆怅，待相逢是梦里好不凄惶……我看过你演的《洛神》!"

十年前，上海滩曾红过一个少年青衣，拿手剧目就是《洛神》，不仅唱功了得，而且舞技惊人，演出了洛神的冷艳妩媚，似有情若无情，惊艳大上海，连演一百多场，场场爆满，盛况空前，随后便消失无踪。陈奇当时还年轻，也慕名前去看过一次，对洛神的唱腔身段印象深刻，当时便觉得杨贵妃的唱腔有点耳熟，只是没想到会是那个惊鸿一瞥的洛神。

"宋景弘"——洛神叹了口气："陈教授，如果你能和我联手合作，我们必能称霸全上海，甚至全中国。"

陈奇轻轻摇头："道不同，不相为谋。我曾听说，上海滩有个神秘人物叫千面洛神，莫非就是你?"

千面洛神彬彬有礼地弯了弯腰："正是在下。陈教授，你的确推理出色，在下十分仰慕。早知如此，我应该假扮你的学生，跟你学习，而不会冒充宋景弘了。"

陈奇打了个冷战，千面洛神为了谋夺血月亮，杀死刚刚考上研究生的宋景弘，冒充他在姜育林身边潜伏一年，终于得手，心机之深，手段之狠，令人胆寒。

千面洛神盯着陈奇的目光像是饥饿的野兽看到了美味的猎物："你那完美的大脑值得赞美，如果能够属于我，我会不择手段，只可惜，现在没有大脑融合的技术，否则我真想一试……想想我们两人的头脑同时运用，那将是怎样的完美无敌……"他眼中闪着狂热的光芒，整个人像是疯魔了一样，一步步向陈奇逼近。

陈奇吓得后退了几步，精神体力都已到了极限，感觉一阵阵眩晕，摇摇欲坠。

千面洛神抢前一步，双手按在陈奇的肩上："精神控制这种强制手段我一向不屑使用，但是为你可以破例，不过那可能会损伤你宝贵的大脑，我建议你乖乖合作，不要逼我走极端。"

陈奇不去理会千面洛神，转头看向天空。血月亮已沉没大半，只剩下一小半月边，颜色渐变为银白。

一丝笑意掠过陈奇的唇角，如释重负："幸好，一切都结束了。"

"什么？"千面洛神被陈奇的镇定所惊，只觉浑身发凉——脚底确实感到冰凉的湿意，低头一看，海水不知何时已经淹到脚背。

他回头一看，方圆十几里的蓬莱仙山一半已淹没在海中，海潮正在无声无息地向上漫延。

千面洛神脑海中无数念头纷至沓来，突然间醒悟：陈奇之所以详细推理整个事件过程，和盘托出一切底牌，只是为了转移他的注意力，拖延时间到仙山沉没！

因为，蓬莱仙山借血月亮的引力而升起，自然也会随着血月亮的落下而再度沉没于大海！

东来和其他的人已经被海水浸醒，发现周围突然变成了茫茫大海，全都吓傻了，像没头苍蝇一样到处乱跑乱窜，慌作一团。

"这就是教授你的复仇？果真与众不同。"千面洛神手移到陈奇的颈间，慢慢收紧，"山沉没了，你和我们一样会死。"

"从出发的那一刻起，我已抱着必死的决心。"陈奇渐觉喉咙被扼紧，呼吸艰难，眼睛仍然坚定地看着千面洛神。

"这么富有艺术性的谋杀，我是第一次见，佩服佩服。"千面洛神不怒反笑，"你支开保镖，只身上船，是不想让无辜的人陪着送命，可惜，这是你完美布局中唯一的败笔！"

陈奇眼前一阵阵发黑，耳中轰鸣，只觉得喉咙被锁死，无法呼吸空气，意识渐渐抽离了身体……

就在他即将昏迷的时候，千面洛神抬眼一瞥，猛地一推，陈奇踉跄着退开，仰天倒下。

迎接他的并不是冰冷的海水，而是温暖有力的怀抱。

"老板，你又欠我一个解释……"熟悉的声音让陈奇心脏一拎，想要看清眼前的人，但是黑暗却吞没了他。

辛辣的酒液滑下喉咙，呛得陈奇连连咳嗽，一只手轻轻拍着他的后背，帮他顺气。

"你们……"陈奇看清了围着他的几个人，当即脸色煞白，气急败坏地说，"谁让你们来的？"

薇拉一边替陈奇拍背，一边说："先生，我们不来，谁保护你？"

李四收起扁酒壶，重重地哼了一声："老板希望我们晚点来，替他收尸。"

苏菲握着陈奇的手，恳切地说："先生，我们怎能看着你送死？"

"你们赶快走，岛很快就要沉了，船呢？快上船去！"陈奇不顾身体虚弱，拼命推着苏菲和薇拉，"你们还年轻，不能死。"

"来不及了。"千面洛神的声音悠悠传来，"刚才一场混战，船不知漂到哪里去了。"

陈奇这才注意到李四、苏菲和薇拉满身泥污，衣裳有不少破损的地方，显然经历了一场大战。此时海水已经淹没了一大半仙山，只剩下岛上最高峰的峰尖，周围依旧是幽泉白石、苍藤翠竹，清景如画，可是一迈步就发现潮水汹涌，稍不留神，便会跌进大海。

"放心，海珍珠去追船了。"苏菲微笑着安慰，"她的水性很厉害，一定能找回小船。"

千面洛神的声音又飘了过来："船太小，不够所有的人乘坐，虽然我很敬重陈教授，但毕竟我们自己人的性命要紧。"

　　他一挥手，东来等十几个人的枪口一齐对准了陈奇等人。

　　李四见陈奇的目光看向自己，苦笑一声："你没猜错，老板，我们寡不敌众，暂时投降。"

　　"还想与我同归于尽？"千面洛神好整以暇地晃了晃手里的枪，"我不介意多拉几个垫背的，问题是，你舍得吗，陈教授？"

　　千面洛神放声大笑，知道自己已胜券在握。陈奇可以无视自己的生死，却不忍坐视至爱亲朋送死，以他的聪明才智，必定会想办法脱困。

　　陈奇咬紧了牙根，闭目镇定片刻，扶着苏菲慢慢站起："好，我认输。要找到出路，你必须交出一样东西。"

　　他伸出手，淡淡地说："轮到我问你了，洛神先生，你舍得吗？"

　　"你要什么？"千面洛神神色警惕起来。

　　陈奇一字一句地说："血、月、亮！"

　　一时间，千面洛神的脸上闪过意外、惊讶、狠毒、杀机和佩服等诸多表情，精彩之极。

　　以陈奇的智慧，早就推断出千面洛神不会放心将血月亮交给任何人，必定会随身携带，反将了一军。

　　千面洛神只怔了几秒钟，便已做出决断，解下系在腰间的一个扁皮包，掏出一块圆形玛瑙血璧。

盼了这么久，终于见到传说中的血月亮，李四激动地睁大了眼睛，盯了半天，忍不住问："这是血月亮？假的吧？"

那玛瑙血璧呈正圆形，实心，直径约二十公分，正面中心有一个圆形凸起的钮珠，相应的反面是一个微凹的圆孔。血璧上刻满了诡异的花纹，古朴凝重，但是颜色并非想象中的血红，而是灰扑扑的，黯淡无光。

千面洛神懊恼地说："自从杀了青斧帮众人之后，血月亮的血色就消失了，变成了这样。陈教授能解释原因吗？"

陈奇走上前，从千面洛神手里接过血月亮，掂了掂，又仔细观察，点了点头："形状、花纹、材质和重量全部符合，确实是原物……"

话还没说完，玛瑙血璧骤然亮起红光，仿佛受到什么力量的吸引，光晕腾腾升起，抖动了几下，瞬间斜射出去，直直指向正在向海中沉没的月亮！

月亮只剩下最后一道红边，此时像是应和玛瑙血璧一样，光芒大放，鲜艳如血，两道光在茫茫海天之间相遇，溅起的光芒耀如焰火！

人人被玛瑙血璧发出的红光刺得睁不开眼，幸而光芒并未持续多久，几秒钟之后，月亮彻底沉入大海，玛瑙血璧的红光也彻底消失了。

"这是……怎么回事？"李四问出了所有人的疑惑。

陈奇没有回答，只是张口结舌地看着捧在手心的玛瑙血璧——它已经恢复了当初发现时的颜色，红如鸽血！

"我的天哪!"千面洛神伸手便要去夺玛瑙血璧。

李四刚要阻拦,哪知陈奇反应也快,手指立刻用力一按玛瑙血璧背面的凹孔,一道红光从正面的钮珠激射而出。千面洛神急速蹲身,就地一滚,红光照过他身后的几个手下,随即消散了。

东来等人的枪口立时集中指向陈奇,千面海神大吼:"住手!"带着一身泥水跳起来,居然挡在了陈奇面前。

无论面对多艰难的绝境,千面洛神也一向镇定如恒,此时却面如土色,嘴唇哆嗦着说不出话来。

"扑通扑通。"三四支枪掉进了水里,被红光照过的那几个人还保持着持枪的姿势,却显出一种奇特的僵硬。

东来吃惊地想上前查看,千面洛神又一声大吼:"别碰死人!"

被血月亮所杀的人,身上沾染了一种奇特的物质,二十四小时之内碰触,必死无疑。

李四目睹血月亮这等威力,不禁变了脸色,目光闪动,仿佛在思索什么。

陈奇低头摩挲着玛瑙血璧,心中这才明白,千面洛神曾使用它一次性杀了青斧帮五十多人,耗尽了所有的能量,所以它的颜色也变成了灰色。刚才天空的血月亮照耀到它,将巨大的能量注入,就仿佛给蓄电池充了电一样,玛瑙血璧又恢复了原状,重新成为杀人利器。

这种神奇的性能,一定是某种他不知道的先进科技,古人不了解，才传为神秘的诅咒。

千面洛神定了定心神，举起双手："陈教授，我保证，我和我的手下绝对服从你的安排，不敢有任何异心。"

东来等人吓得魂飞魄散，瞪着依然鲜活如初的尸体，一步步后退。血月亮的杀伤力实在太大，如果陈奇失控，绝对能在举手之间杀死他们所有的人！

淡蓝色的晨曦渐渐明亮，太阳即将升起。

忽然间，那些幻景如烟雾一样消失了，仙山露出了本来面目，通体布满灰黑色的礁石，犬牙交错，如枪戟般森森阵列，跌进去不死也要重伤。中间数条羊肠小路盘旋，不知通向哪里。而海水已经淹没了众人的脚背，并且还在上涨。

千面洛神心中一喜，血月亮竟然能解除蓬莱幻景，看来果然是解开仙山之秘的钥匙，脑中迅速盘算后计，以及脱身之路。

李四低声说："老板，赶快走，水涨得很快。"

陈奇回过神来，看了看四周，不禁一惊，月亮落下之后，蓬莱的沉没加快了，照目前的速度，不到半小时，整个岛屿就会沉入海中。

千面洛神赌赢了，陈奇自己可以毫无惧色地迎接死亡，可是怎么忍心拉着李四、苏菲和薇拉陪葬？

"喵……"辟邪从岩缝里钻了出来，想下地又怕水，于是纵身跳上李四的后背，死死扒住不放。

"你们居然还带了猫？"陈奇简直无语了。

"它非要跟来，撵都撵不走，没办法。"李四也很无语，从保镖沦为猫奴，他上哪儿喊冤去。

苏菲向薇拉使了个眼色，一左一右护住了陈奇："先生，时间紧急，我们走吧。"有了血月亮这超级武器，千面洛神那十几个人已不足为惧。

陈奇弯腰在几条小路的入口察看了一会儿，指着其中的一条说："沿着这条路走。"

薇拉正要迈步，苏菲却拦住了她，指着千面洛神说："你们先走！"

千面洛神心中恼怒，原来这一夜陈奇明知仙山道路有出入的暗记，却故意引诱他们在仙山兜圈子，难怪一直走不出去。此时受制于人，只能暗自衔恨，喝令手下先探路。蓬莱仙山久沉于海底，小路已被贝壳、海藻之类长满，几乎没有落脚的地方。东来带着人边走边清理，勉强蹚出可供通行的地方。

李四皮笑肉不笑地说："前面的兄弟，少玩花样，血月亮照着你们的屁股呢。"挥手让陈奇、苏菲和薇拉跟在千面洛神的后面，自己背着辟邪断后。

众人一字长蛇前进，速度很慢，又经历了几个岔路口，潮水已经追了上来，走在最后的李四大半个身子没在水里，行走更加艰难。辟邪怕水，直接爬上了李四的头顶。

一阵细微的震动从水里传来，李四先前遭遇过海浪袭击，已是惊弓之鸟，下意识地回头看去，近岛的水流渐渐聚成一个个小漩涡，再滚动合并成大型漩涡。这是海岛即将入水时形成的大漩涡，威力极大，所过之处，水草、游鱼、贝类及石块均被卷入，无一幸免。

"快，岛要沉了……"李四大吼。

巨浪毫无征兆地从海底冲起，横扫过蓬莱的峰尖，惨叫声此起彼伏，走在最前方的千面洛神的七八名手下转眼不见了踪影。

李四、陈奇等处于巨浪的底部，冲击力反而没有顶端大，只是跌倒在地，被海水淹没了十几秒。辟邪"嗷嗷"大叫，跌落水中，变成了落汤猫。

千面洛神极为敏捷，一见巨浪扫荡过来，便缩在礁石的背面，躲过了正面的冲击，等大浪退去，紧跟着他的手下只剩下东来等两人，淹得狼狈不堪。偏偏前面还有两条岔路，左边通向峰顶，右边却蜿蜒向下，急得大吼："走哪边？"人已冲向左边的路。

陈奇跌跌撞撞跑过来，低头寻找着什么。苏菲也急了，叫道："先生，别找了，快向上走。"

"我在找记号。"

李四也赶了上来："这个时候还管什么记号？漩涡快冲上来了。"

"不，顺着颜高鹤留下的暗记就可以找到入口。"陈奇着急地拭着眼镜上的水渍，睁大眼睛想看清水下乱石丛的划痕。

"进仙山的入口?"李四眼睛一亮,"我眼神比你好,快告诉我暗记,我来找。"

"正三角形,中间有一道竖线。"不等陈奇说完,李四已一头扎入水里找寻。借着明亮的天光,终于在右边道路看到了陈奇所说的记号。

"这边?"李四钻出水面,指着右边的路,气急败坏,"这不是入口,这是虎口。"

"我相信颜高鹤的判断。"陈奇低头看着手中的血月亮,红光微弱地闪动,指向右边,仿佛被什么所吸引。

他不顾海水汹涌,当先向右边走去。苏菲微一迟疑,向薇拉看了一眼,两人同时跟上。李四无奈,只好捞起在水里乱扑腾的辟邪,嘀咕着追去。

千面洛神本已爬上去一半,回头看见陈奇等竟然向水中走,心念电转,一咬牙,决定赌一把,当即转身追去。

东来惊恐地大叫:"少爷,下去会淹死的,我们向上走。"

"别啰唆,快跟上去。"

东来素来听话,犹豫了一下,跟上了千面洛神。另一个手下却连连摇头:"不不,我还不想送死。"拼命向峰顶爬去。

千面洛神此时也顾不得那人的死活,飞奔着追上陈奇,一阵浪再涌过来,海水转眼已没到胸口。

几个人艰难地在水中跋涉,沿着山壁转了个弯,顿时傻了眼:前方竟是断头路,迎面是一堵拔起而起的巨大山壁。

再向后退已不可能，大浪一阵高似一阵，漩涡发出的轰鸣声已近在咫尺！

李四叹了口气："看来大家要死在一起了，不分善恶，到头来都是一堆白骨。"

千面洛神阴沉着脸，迅速思索脱身之计。东来却承受不了从希望到绝望的打击，彻底崩溃。

"我不想死，我不想死！"他哀嚎着，拔枪对准陈奇，"都是你指错了路，我要杀了你！"

李四冷不防一拳击在东来的脸上，顺手夺过他的枪。东来被打得一个趔趄，沉进了水里。

陈奇吃力地游到山壁前，对着血月亮的花纹查看。血月亮的红光渐渐变得强烈，照得石壁一片鲜红。

苏菲眼尖，直觉地感到不对："看，石壁在发光！"扑到石壁的左边，扒去上面附着的贝壳与海藻，露出一个凹进去的圆孔。

陈奇将血月亮贴进去，大小竟然正合适。红光融为一体，石壁开始剧烈震动，两道半圆形的石门向左右缓缓分开，巨大的水流直向石门内泻去。

众人简直不敢相信自己的眼睛，狂喜席卷着每一个人。

突然，东来从水里冒了出来，被水流挟着冲向石门，眼看就要进去，忽听一声惨叫，整个人瞬间被劈为两半，鲜血喷溅！

第九章

　　缕缕鲜血在水中飘散开来，甚至升起几丝热气，暗红色的内脏碎块在水浪中沉浮，一起随着水流涌进了石门。

　　陈奇从未亲眼见过如此血腥的死亡场面，不禁一阵恶心，吐了出来，虚弱的身体支持不住，摇晃欲倒。

　　李四赶紧扶住他，对苏菲说："照顾老板，我过去看看是什么陷阱。"从头顶抓过辟邪，丢给薇拉。

　　"当心。"苏菲架着陈奇挪到旁边。

　　水流湍急，李四不敢冒进，从侧面一步步靠过去，极力与冲击力相抗。可是水流实在太快，脚下一滑，人已跌进水里，周围并无可抓握的地方，无处借力，竟和东来一样，向石门漂进去。

　　李四暗叫不妙，连忙掉转方向拼命划。可是人力哪能挣得过水流的裹挟之力，忙乱中眼角的余光一瞥，只见水下寒光一闪，瞬间已到近前。

　　刚才分尸的情景还在眼前，转瞬又要重演，陈奇失声惊呼，想救也来不及了。

千面洛神冷眼旁观，刚才他已发现了危险，却默不作声，看着李四送死，心中说不出的痛快。

就在此时，一条银色长鞭远远甩过来，卷住了水底之物，猛地一拉，一道锐光从水底抛起，几乎同时，李四"呼"地从锐光升起之处漂了过去。

这一幕吓得陈奇浑身冷汗，脚下一软，跌进水里，身不由己被漩涡冲得向旁边迅速滑去。

苏菲一把死死揪住了陈奇，可是力量不足，自己也被带得滑向漩涡。

仙山即将沉没，所制造的漩涡越来越大，仙山周围的一切都被卷了进去。

薇拉也扑上去拉，但是仍然挡不住，急得冲千面洛神大叫："快拉我们一把。"

千面洛神见势不妙，非但没有伸出援手，反而一脚踹开薇拉，抢先游进了石门。

李四顾不得和千面洛神计较，拼命向外游，想去拉陈奇，可是水流之力太大，奋力游了十几下，仍然在原处徘徊不动。

眼看陈奇等人即将被卷入漩涡深处，一道水线箭一般驶来，海珍珠从水里冒出头，银鞭再度甩过去，卷住陈奇等人，另一头甩向李四。李四心领神会，空中抄住银链，身体一松劲，整个人被水流冲向石洞深处。两股水流之力互相较量，加上苏菲和薇拉尽力划水，三人一点一点从漩涡边缘被拽了回来。

海珍珠上前最后推了一把，众人在仙山即将沉入海中的瞬间，全部漂进了石门中。

"糟了，血月亮还在外面。"李四大急。

"不要管了。"陈奇喘着气，摸索着石门旁边的洞壁，忽然用力一按，石门再度落下，将水流隔绝在外。

巨大的漩涡急速旋转，轰鸣之声不绝，仙山沉了下去，从水面完全消失了。

陈奇靠在石门上喘息着，在海水中浸泡太久，手足开始麻木，身体颤抖着，从血液内脏中掠夺着最后一点热量。

"老板，你不要紧吧？"一双大手扶住了陈奇，虽然眼前漆黑一片，他仍然能想象得出李四担心的表情。

辟邪从薇拉怀中探出头，呼哧呼哧地喘着，被水呛得不轻。

一团朦胧的光渐渐亮起，照耀着海珍珠秀丽的面容。

"夜明珠？"李四诧异地问，"可别是我掉下海的那一颗。"

"你说对了。"海珍珠笑靥如花，"是海豚帮我捡到的。"

她忽然想起了什么，弯腰潜进水里，摸索片刻，拿起一个长长的物体。

"剑？"陈奇看着海珍珠将长剑抽出水面。

"你是陈先生？"海珍珠好奇地看着陈奇，"我爸爸说，你是好人，可以相信。"顺手将长剑递了过来。

陈奇愣了愣，接过长剑，温言说："你是真正的海珍珠？谢谢你刚才救了我们。苏菲，你怎么能带着她上仙山？太危险了。"

苏菲笑着说："先生，我没带她来，是她自己偷偷游水追来的。"

"这怎么可能？"陈奇实在无法相信，这个看上去柔弱的少女竟然有如此的本事。

"她水性好，还有一群海豚做朋友，很厉害。"薇拉十分羡慕，"对啦，你不是追小船去了？船呢？"

"我追到船了，可是那时候漩涡太大，船靠近会被卷进去，我让海豚看着船，它听到哨声就会送过来。"

陈奇当年见识过海老大各种神奇的本领，或许海珍珠学到了几分，才能在大海中来去自如。他低头就着夜明珠发出的光芒细看长剑。剑身长约九十公分，有八个棱面，彼此均衡对称，剑刃极为锋利，虽在水中埋了多年，却毫无锈蚀，微微一抖，寄生的贝壳海螺之类纷纷掉落，光洁如新。

原来就是这把插在石门前的剑，要了东来的命。

他转动着剑柄，发现上面印着几个字：始皇之剑！

陈奇心中大震：这把剑竟然出自秦始皇陵！

几年前，颜高鹤曾宣称前去骊山考察，原以为只是虚晃一枪，没想到，他真的到达秦始皇陵，并且得到了这把锋锐之极的宝剑！

当时，血月亮由姜育林收藏，存于保险箱。颜高鹤不想惊动其他人，没有盗取血月亮，而是费尽心思，到始皇陵偷了一把始皇剑，想劈开仙山表面的礁石层，进入仙山。

问题是，颜高鹤有没有成功？为什么始皇剑会插在石门外？颜高鹤和海老大又身在何处？

一连串的疑问搅得陈奇头疼不已，揉着太阳穴，试图减轻疼痛。

苏菲忽然附在李四的耳边轻声说："我保护先生，你去监视。"

李四会意，悄无声息地走开。

千面洛神一直远离陈奇等人，一来防备被袭，二来寻机脱身，但是洞中过于黑暗，不敢随便乱闯，怀里带的火柴也被泡湿了，无法使用。他小心地向左右试走几步，忽然发觉水势正在退却，空气也似乎温暖起来。

"别乱动。"一柄刀抵到了他的左腰，李四低沉的声音带着几分狠辣，"出手暗算女人，卑鄙！"

千面洛神逃命时丢了枪，此时失了先机，赶紧举起双手："刚才我忙中出错，误推了那位小姐，并不是有心的。"

李四不答，迅速搜身，千面洛神暗藏的各种武器，包括迷药之类，统统被搜走，大部分扔进了水里，少部分被李四留下了。

千面洛神暗自咬牙，手下全部折损，自己人单势孤，只能暂时低头忍辱，伺机报复。

听到旁边的动静，陈奇抬头张望，苏菲不动声色，侧身挡住了他的视线："先生，仙山沉进了海里，我们怎么办？"

陈奇被她一打岔，果然转移了注意力："按照血月亮的记载，只要将它放进一个相对应的凹槽里，仙山就会重新升起。"

"可是血月亮丢了……"苏菲虽然没说完，可大家都知道她的意思，仙山无法升起，就意味着他们会在水底沉没好几年，万一空气用完了，便会窒息而死。即使有足够的空气，没有食物和淡水也会活活饿死渴死。

薇拉颤声说："我们关在水下坟墓了……"

死里逃生的欣喜被强烈的恐惧所代替，海珍珠手一抖，夜明珠从手中滑落，掉在地上，发出一声脆响。

"我爸爸会不会……在这里？"海珍珠牙齿咯咯作响，显然惊恐之极。

无人，也无法回答她的问题。

苏菲弯腰拾起夜明珠，干燥的手感令她一惊："水退了。"

陈奇喃喃自语："没道理，仙山在海里，水怎么可能自己退？"

"快看，光！"海珍珠感觉眼前的光亮逐渐增强，仿佛黎明的旭光驱散了黑暗。

苏菲举起夜明珠看了看，又环视四周，禁不住倒吸一口冷气："我的天哪……"

柔和的光芒从四面八方洒下来，照亮了山洞。只见洞里呈穹隆状，如同一个极大的厅，分布着十余根巨大的晶柱，四周皆是五色晶壁，从中凿出数十个玉室，玉台瑶阶，珠帘冰门，莹洁光润，华美无伦。更有碧枝翠藤，盘旋在柱廊之间，开满各种奇花，清香四溢。藤枝结有异果，分为红、黄、青、紫、白，看上去格外诱人。

众人在仙山吃足了幻景的苦头，面对着美味果实，没人敢上前。只有海珍珠不曾经历过，一声欢呼，冲过去摘下一个红果就吃。

陈奇惊叫："别碰，是幻觉。"

海珍珠饿坏了，咔嚓几口，一个果子便已下肚，舔舔嘴唇，疑惑地说："是真的果子，很好吃。"

大家还在犹豫，辟邪"喵嗷"一声，跳上玉台，扑住一个果子狂啃，吃得果汁四溅。

李四一跃而起，飞快地摘下七八个果子，抛给陈奇等人。大家累了一夜，早已饥渴难当，大吃起来。一时间只听见咀嚼之声，沙沙作响。

饱餐一顿，李四来了精神，走过去察看玉室。只是雪白的银门十分奇怪，怎么也推不开。陈奇在他身后观察了片刻，走到门口，一束光扫过，门无声无息地开了。

"门也势利，见到老板就拍马屁！"李四嘀咕着，走进玉室。里面纤尘不染，如同刚刚打扫过一样，各种陈设用具，都用翡翠玛瑙、脂玉珊瑚之类制成，极为珍奇。

陈奇轻轻抚摸着案台，恍惚之间，感觉极为熟悉，好似在其中住过一样。

李四拿起一个翡翠杯看了看："吉祥要是知道这里珍宝无数，只怕悔得肠子都要青了。"吉祥被冲下船的时候跌伤了腿，所以没有跟来。

苏菲和薇拉好奇心起，也站在门口，光线扫过她们俩，却没有开门。

千面洛神溜到一间玉室前也试了试，同样失败了。

海珍珠觉得好玩，跑到另一间玉室门口，光束扫过，门居然开了。海珍珠高兴地跑进去，突然惨叫着连连后退。

李四抢过来挡在她身前，猛见一具骷髅迎面冲来，森森牙骨上下张合，竟似要吃人一样。

李四反手将海珍珠抱住，一个箭步跃开。骷髅跑出三五步之后，轰然倒地，骨骼跌得七零八落。

与此同时，嗷嗷的猫嚎声传来，忙乱之中，谁也没有注意。

海珍珠吓得脸色煞白，死抓住李四不松手，簌簌发抖。

陈奇心有余悸地说："不要随便进那些房间，免得再遇到危险。"

忽然辟邪发出一声高亢的嘶叫，李四一惊，暗叫不妙，忙回头一看，千面洛神正从一个圆形的凹槽里取出玛瑙血壁,辟邪正在拼命撕咬他的手。千面洛神被干扰得不耐烦,反手猛力一掷,将它砸在晶壁上。

遗失在外面的血月亮怎么进来的?

薇拉失声惊呼,李四反应更快,大叫:"快跑!"一手抓住陈奇,一手抓着海珍珠,飞奔到晶柱后。红光从身后扫过来,将晶柱轰得碎块四落。

"哈哈哈……"千面洛神得意地大笑,"陈教授,我不会杀你的,只要你乖乖出来投降,或许我会饶其他人不死。"

苏菲将薇拉及时拉进玉室中,躲过了红光的扫射。

李四暗自懊恼,自己一时松懈,忘了监视千面洛神,被他抢走了血月亮,犯下了致命的错误。

借着晶壁反射的影像,李四看见千面洛神正向苏菲和薇拉藏身的玉室移动,心中大急,这要是堵住了门,神仙也救不了她们。他急中生智,指指海珍珠腰间系的银链,又向后指了指。海珍珠会意,解下银链,躲在晶柱后,反手甩出。

千面洛神举起血月亮,按着凹孔,红光再度激射而出,正好射中银链,海珍珠手一麻,银链掉在了地上。

苏菲和薇拉趁机从玉室中窜出,闪到另一根晶柱的后面。

"不要再做无谓的挣扎了,你们逃不了的。"千面洛神兴奋得几乎想唱两嗓子,这么快就一雪前耻,实在痛快之极。

五个人忌惮血月亮的射线，谁也不敢动，耳中听见千面洛神一步步走近，心如擂鼓，冷汗直流，却毫无办法。

陈奇知道血月亮使用过度就会耗光能量，但是就目前的情形，只怕是等不到那一步了。

"对不起……"陈奇轻声道歉，是他将这些无辜的人拖进了死亡之地，是他害了他们。

"别说这些了，老板，先保命要紧。"李四心里清楚，千面洛神之所以不杀陈奇，并不是有多好心，而是因为他被困在这活人墓里，需要陈奇帮他逃出去罢了。

千面洛神玩弄着手里的血月亮，静待了几分钟，觉得已达到威吓的效果，才漫不经心地问："陈教授，我并不喜欢杀戮，如果你拿出诚意来，一切还有商量。"

李四和陈奇对望了一眼，原来这家伙还有更大的胃口。

陈奇深吸了一口气，强自镇定："血月亮你都弄到了，还想要什么？"

"我曾经听姜教授提到过，据血月亮的记载，仙山有一种更强大的武器，只要开启，方圆百里之内的生物便会瞬间死亡……"

李四觉得可笑之极："这家伙唱戏唱疯魔了吧？哪有这种武器，大杀方圆百里？他以为是孙悟空的金箍棒……"

他目光转向陈奇时，后面的话戛然而止。

那种惊骇、恐惧和绝望凝成一种青白的死灰，从陈奇的脸上蔓延开来。

李四打了个寒噤，难道世间真有这种神奇的武器？就隐藏在附近的某处？

千面洛神笃定的声音又响起："陈教授，只要你告诉我这个武器在哪里，我立刻放你们走，绝不为难，我可以指天为誓。"

陈奇立刻明白了：这才是千面洛神大费周章设下各种圈套、连环假扮他人的真正目的！

可是，千面洛神不过是一个过气的名伶，为何对屠城的武器有兴趣？

"假如洛神先生能交代自己的真实身份，或许还可以相信。"陈奇的声音带上了一丝嘲讽，"不过，我想洛神先生事后一定会杀人灭口，以防真相外泄。"

千面洛神哈哈大笑："陈教授说笑了，我就是个唱戏的，倒腾点东西，捞点好处罢了……"心中却大为骇然，陈奇仅凭一句话便猜到自己另有真实身份，与他交锋，真是半点大意不得。

李四和苏菲也明白了，心里同时涌起一个念头：回上海之后一定要彻查千面洛神，找出他效忠的幕后势力。

混乱中，辟邪挣扎着爬过去，猫爪有气无力地拍打晶壁，直到爪子陷进一个梅花形的凹痕中。

仿佛收音机的开关被打开，一缕幽茫的歌声隐约响起，曲调婉转妖媚，宛如女子的叹息，说不出的悦耳悠扬。

千面洛神一惊，不敢轻举妄动，停下脚步，心中戒备。

"那个戏子搞什么鬼？又要玩纸偶术？"李四瞪着晶壁里的影像嘟囔。

晶壁映出幽幽行来的女子，姿态翩跹，举止袅娜，身着宫装，羽衣霓裳，云鬓凤髻，环佩叮当，宛然绝世佳人的风范。

后有千面洛神追杀，前有幻觉中出现的神秘女子，陈奇和李四联想起在天蟾舞台的遭遇，非但不觉艳美，反而毛骨悚然，心胆俱寒。

歌声渐近，陈奇仔细倾听，虽然语音和词义晦涩难辨，但他知识丰富，半听半猜，突然心中大震，那歌词竟是《长恨歌》："上穷碧落下黄泉，两处茫茫皆不见。忽闻海上有仙山，山在虚无缥缈间……"

杨贵妃？

千面洛神仗着手里有血月亮，原本丝毫不惧，那宫装女子的身影在晶壁内晃动，还以为是反映出的影像，到处张望，却看不到人，猛地醒悟：那女子竟是从晶壁中走来的。

他骇得一声大叫，举起血月亮发出红色射线，红光扫过晶壁，击碎晶石，四处崩落。

破损的晶壁亮起耀眼的光芒，然后熄灭，晶壁又恢复了原状，竟没有留下一丝痕迹。

千面洛神目瞪口呆，吓得面无人色，心想："难道遇上鬼了？"

宫装女子似乎也被血月亮所慑，身形一滞，玉手纤纤，不知动了什么，忽然数十根粗大的晶柱从穹顶笔直下垂，悄无声息，慢慢落到地面，将千面洛神与晶壁分隔开。

千面洛神立刻发现，晶柱的排列看似杂乱无章，却极为巧妙，将他前后左右的路都封死了，如果想出击，必须绕过两根以上的晶柱，大大延缓了他行动的速度。

回头再看，那宫装女子已消失不见，仿佛先前的倩影只是一个幻梦。

苏菲也看出机会，向薇拉使了个眼色，两人同时拔腿狂奔，冲向陈奇躲藏的地方。

千面洛神举起血月亮扫射，可是错落排列的晶柱挡住了大部分红光，崩落了一地的碎晶，但随即受损的晶柱便重新愈合了。

薇拉紧张之极，拼命狂奔，慌乱之中，猛见前面站着一个虬髯大汉，吓得大叫一声，向旁一闪，重重撞上一根晶柱，踉跄着摔倒。

李四不顾危险，一把匕首甩向那大汉，转身去扶薇拉。

哪知海珍珠却又发出一声尖叫，扑向那虬髯大汉。

陈奇以为她吓得心志错乱，赶紧抱住她。谁知海珍珠大哭起来，挣扎着嚷："爸爸，爸爸……"

陈奇一呆，抬头看时，那虬髯大汉一身肌肉，横眉怒目，当真是失踪已久的海老大！

海珍珠趁陈奇一松劲，扑了上去，额头却重重撞了一下，疼得眼前金星乱冒。

海老大竟然被封在一根晶柱中！

苏菲已跑到陈奇身边，脸色惨白，指着另一根晶柱说："那根里面也有人！"

陈奇已经猜到了，但亲眼看见，还是震惊万分：身材高大的颜高鹤站在晶柱中，闭目垂手，似在熟睡，嘴角带着一丝笑意，显得格外诡秘。

"爸爸，你醒醒，我是珍珠呀……"海珍珠边哭边围着晶柱转，找不到一丝缝隙，也不知海老大是死是活，哭得更加伤心。

晶柱上晃动的人影提醒了海珍珠，她"呼"地转过身，神情立刻僵硬了。

千面洛神拿着血月亮站在身后，神情阴狠，旁边的陈奇等人被逼到了死角，已无退路。

陈奇一咬牙，还想为其他人争取最后一线希望："你敢动他们一根毫毛，我就和你同归于尽！"

"教授，不如杀了他们，你我共享仙山？"千面洛神扬起一个狰狞的笑，"我爱惜你的头脑，假如你一意孤行，我不介意送你们一起去地狱做伴，这里有食物有水，还有血月亮，凭我的头脑，研究一年半载，这仙山必定为我所用，将来超级武器在手，横扫中国大陆，帝国一统天下，哈哈哈……"

他彻底陷入幻梦的癫狂状态。

"一会儿我挡住他，你带着她们逃……"李四不动声色，侧身护住陈奇和海珍珠。

陈奇沮丧地摇头："没用，人体挡不住血月亮的光……"

"加上我。"苏菲也站在了陈奇的身前，"先生，我来的目的就是保护你，我不允许任何人伤害你，包括你自己。"

千面洛神不耐烦了："临终遗言交代完了？"他按住血月亮的凹孔，只要一用力，眼前这五个人就将不复存在。

只是陈奇始终不肯投降，可惜了那个聪明绝伦的大脑……

千面洛神最后抬眼再看了看那五人，奇怪的是，他们并未露出恐惧惊慌的表情，反而一脸不可置信地看向自己的身后。

千面洛神心知有异，想转身，已经迟了，身体仿佛被抽光了所有的力气，连指头也动不了分毫。

衣袂轻扬，翩若惊鸿，似轻云飘度，又如飞雪悠扬，正是先前那宫装女子，正从晶壁中缓缓游出，飘然落地。

所有人不约而同生起同一个念头：美！

那女子披着一件薄如蝉翼的轻绡，穿一件杏黄色的长裙，眸含星波，流转生辉，宜嗔宜喜，都蕴含着万种风流，无限情思，欲语还休，令人心醉魂销。体态绰约妖娆，肌肤丰盈胜雪，滑如凝脂，妍态艳姿，绝色无双。

千面洛神心中却惊骇莫名，凭他的经验，在这种异境之中，越是美艳绝伦的人与物，越是危险，拼尽最后一点力气，牙齿一咬舌尖，借着疼痛时一瞬间的清醒，猛一按血月亮，顿时红光大作。

陈奇下意识地捂住了眼睛，不忍心看血腥的死亡场面。或许，血月亮造成的死亡是仁慈的，一刹那，没有太多的痛苦，不用活着饱受内疚的折磨……

时间仿佛停滞了一样，延长成无限的空白，陈奇感觉身体仿佛飘了起来，如在云端，没有一丝可以着力的地方……

无数的意识要挤进大脑，太阳穴剧痛难当，眼皮重如千斤，费尽力气也无法睁开。他摇头想甩掉那些沉重的思维，却怎么也办不到。

陈奇拼命努力，终于睁开一线，模模糊糊似有人影在晃动，鼻端闻到一缕幽香，非兰非麝，闻之十分舒泰，似乎连骨头也酥了。

陈奇打了个喷嚏，醒了过来，这才发现自己躺在地上，辟邪低声呼噜，蹭着他的脸。

他慢慢坐起，周围却空无一人，顿时心中一慌，叫道："李四先生，苏菲，薇拉，海珍珠……"

无人应答，陈奇心慌意乱，扶着晶柱站起。他们四人不见踪影，千面洛神也不知去向，刚才究竟发生了什么事？

一转头，突然看见李四瞪大了眼睛正看着自己，不禁失声惊呼，对方却毫无反应，纹丝不动。

陈奇急得去拉他，触手冰凉冷硬，顿时吓得浑身冷汗，两腿发软，险些站不住：李四竟然被关进了晶柱中！

他赶紧左右寻找，果然，苏菲等人也均被封入晶柱，包括千面洛神在内。

陈奇不寒而栗，显然，他们都是在一瞬间被身边的晶柱所包裹，神情姿态还保留着当时的模样，在这寂静空旷的神秘之地，格外惊悚。

怎么办？

一生之中，陈奇从未遇到过如此困境，心脏狂跳，六神无主，原地转了两个圈，仍旧束手无策。

海老大和颜高鹤已经被关了五年，难道李四等人也会像他们一样，永远被关在这里？

怎么才能救出他们？

陈奇突然想起了刚才丢掉的始皇剑，慌忙跑回去，捡起这把青铜剑，走到晶柱前，又怕自己掌握不住力道，决定先试验一下，于是选了一根空白的，举剑劈下。

"咔"的一声轻响，剑刃入柱十多公分，陈奇吓了一跳，赶紧抽出剑来，晶柱随之愈合，光滑如新。

陈奇沮丧之极，按照自己的力气和速度，晶柱随砍随愈，根本没机会劈开救人。

"喵……"辟邪飞快地跑了过来，蹭蹭陈奇的裤角，转身向前走去。走了几步，又回头看着陈奇叫，仿佛在催促他跟上。

　　陈奇此时也别无选择，一咬牙，拖着始皇剑跟上辟邪。不管前路有多大的危险，他也不能坐视大家被关起来而袖手旁观，尽管他只是一个动脑胜过动手的文弱学者。

　　走着走着，景色忽变，宛如进了大花园，沉香亭畔，牡丹盛开，一朵朵大如盆碗，富丽堂皇，嫣红姹紫，繁艳非常。

　　"云想衣裳花想容，春风拂槛露华浓，若非群玉山头见，会向瑶台月下逢……"歌声渺渺，若远若近，回荡在暗香浮动的寂静亭台之间。

　　陈奇只觉得仿佛进入了一个奇异的梦境之中，一个云鬟花颜、风姿绝代的女子翩然而至，伸出雪白纤长的柔荑，将辟邪抱起。

　　陈奇出神地看着那宫装女子，半晌才说："你是谁?"

　　"你不是已经知道了吗?"女子回眸一笑，明艳绝伦，陈奇终于知道了什么叫六宫粉黛无颜色。

　　因为他几乎立刻就要爱上这个传说已久的女子，心脏激烈地跳动，不由自主地想去亲近对方。无论世间何等优秀的男子，都无法抵挡这样倾国绝代的风华。

　　"你不可能从唐朝活到今天。"陈奇喃喃着，手一松，青铜剑锵啷坠地。

　　杨贵妃喟然叹息："我想说一个故事，很长很长的故事，听完你就会明白。这一千多年来竟然没有人好好听我

说故事，真是寂寞呢。"语声清婉，宛如鸾凤和鸣，微微娇
嗔之间神光离合，令人沉醉。

陈奇心头有无数疑问，却不忍打断她，果然人与花交
相辉映，不愧传说中的"羞花"之名。只愿她一笑，天地
皆春意。

"那已经是很久很久之前的事了，大概有一万多年吧，
地球上曾有一块大陆，孕育了灿烂高度的文明，那已经不
知道是地球的第几次文明了，比现在的地球先进一千
倍……"

"比现在先进一千倍？"陈奇低声重复了一句，难怪自
古就有神仙的传说，或许这些传说都是对过去文明的零星
记忆？

唐朝的杨贵妃却在讲述着一个科幻故事，陈奇不禁有
一种深深的违和感。更奇怪的是，她的口音没有先前的晦
涩难懂，居然变成了当今的官话，也不知是怎么办到的。

杨贵妃神情黯然："可是当文明发展到极致，如果没有
相应的哲学和伦理束缚，就会导致悲剧。总之，大陆爆发
了一场惨烈的战争，使用了当时最先进的武器，血腥惨烈
的程度，超过人类的想象。最后整个大陆被摧毁，化成一
片废墟。"

陈奇不由得想起夜里在蓬莱仙山看到的幻影，此时仙
境成真，偶然微风吹过，一缕柔和的光线照来，悠悠空尘，
云丝飘荡随风扬去，眼前光景成了神仙世界。可叹自古以

来，无数人穷其一生，寻仙求道，可是神仙自己却是劫后余生，这真是何等的讽刺。

杨贵妃柔和的声音继续说道：“当时的战争导致地球提前进入冰河时期，幸存的人们躲进蓬莱，沉入海底生活。虽然地球陆地表面全部被冰川覆盖，但是海底的水体保持在一定温度，再加上这里的自动维生系统一直有永久的能源维持，供我们生存繁衍，就这样，过了很多年……”

陈奇竭力理解着她的话，脑中灵光一闪：“莫非仙山就像前几年刚刚发明的航母那样？像一个巨大的城市，区别是，仙山这个航母能够在水下航行。”

杨贵妃眸光流转，嫣然而笑：“你……领悟得很快，确实是这样。”她期待地看着陈奇，似乎想发现什么。

辟邪两只前爪搭在杨贵妃的肩膀上，喵喵叫着。杨贵妃似乎听懂了，含笑抚摸着它的后背。

陈奇此时脑中无数念头纷至沓来，感觉大脑都要爆炸了一样，脱口而出：“你说的永久能源，就是月亮引力吧？只要天空的血月亮升起，蓬莱仙山按时浮出水面补充即可。”

杨贵妃含笑点头，神色中颇为赞赏。随后，神色又黯淡下来：“可惜，我们的敌人也一直在寻找蓬莱仙山，想尽手段破坏，终于在秦朝末年，又爆发了一场战争。”

陈奇低头看了看地上的那把始皇剑：“是不是你们的敌人帮助秦国，才使它发展了兵器铸造，最终灭了六国，统

—中原？"

"可以这样说，所谓徐福寻找海外仙山的传奇，就是一场争夺蓬莱的战争。虽然我们赢了，但也付出了代价——血月亮被抢走了。

杨贵妃注视着陈奇："实际上血月亮是动力系统的启动钥匙，失去之后虽然很麻烦，但是只要蓬莱永远不关动力系统，倒也可以继续维持。不过我们一直没有放弃寻找，一代代派人出去，直到唐朝，听说血月亮收藏在皇宫，当时的统领便派了我前去查找。"

陈奇隐约猜到了什么："你假冒了真正的杨玉环？"

"应该说，是我拯救了杨玉环。"杨贵妃扬起一个调皮的笑容，"改变容貌在蓬莱是一件很容易的事，当时杨玉环看见一模一样的我，几乎吓得发疯。在我的劝说下，她同意了我的计划，我替她改换了容貌，让她偷偷回到寿王府别院，而我代替她进了皇宫。"

"七月七夕长生殿，夜半无人私语时……"陈奇低语，遥想当年明皇与太真的旖旎风情，竟能亲自得到验证，不禁心痒——这可是活生生的考古证据，挖掘下去，绝对能写成轰动世界的论文。

杨贵妃瞥了陈奇一眼："我知道你想问什么，比如李隆基究竟是怎样的皇帝，我只能说，他是一个多才多艺的人，丰采出众，即使他不是皇帝，也会是女人心中最理想的情人。"

"相比于凡人，你也算是神仙，怎么会……为红尘繁华所吸引？"陈奇颇有些不解。

杨贵妃走到花前，伸手轻轻摘下一枝牡丹，隔了一会道："蓬莱宫中日月长……"

陈奇轻叹一声："缘起缘灭缘自在，情深情浅不由人……原来你爱上了他……"

"是啊，情深情浅不由人……"杨贵妃怅然若失，"虽然在世人眼中，我们算是神仙，可是我也是女人，无论神仙与否，唯怕动心动情。"

"以你的能力，可以改变历史。"

杨贵妃缓缓摇头："不，我们已有惨痛教训，一味加快技术的发展，却没有相应的哲学道德约束，野心膨胀的结果就是毁灭。神仙从来不问世事，那是因为我们早有共识：不干涉现今人类的文明进程。"

陈奇深以为然，如今的民国，军阀混战，连年战乱，已是争权夺利、野心膨胀的恶果，如果更先进的技术落到野心家的手里，只怕东方大陆会再度变成废墟。

"不管怎样，你以四大美人之一的身份留名历史了。"

杨贵妃淡淡一笑，颇有几份不屑："我只是做了后宫妃子，可从来没有干政！皇帝才是决定国家大事的人。哼，自古赢了个个是明君，败了就责怪女人狐媚亡国，可笑。"

陈奇莞尔："我无意评价历史，那后来又发生了什么？"

"我进宫几年后就找到了血月亮，只是一直贪恋柔情，一再耽误，直到安史之乱，马嵬坡兵变，明皇终究不舍得杀我，我趁机提出远赴海外，他同意了，找了一个宫女代替我，然后派人送我出海。

"谁知道送我回蓬莱的人就是我们的敌人，他突然偷袭，抢到血月亮，启动了蓬莱的御敌武器。它的威力虽然不够摧毁大陆，但是足够摧毁蓬莱，岛上的子民大部分被杀，当时的统领想尽办法与敌人在海上同归于尽，从此血月亮又湮没不知所终。"

陈奇想起玉室中奔跑的骷髅，暗自心惊。一千多年前，那人应该听到警报，想奔跑出来，谁知瞬间死亡，尸体一直保持原状，渐渐化为骷髅，直到现在玉室开启，才完成了他延迟千年的行动。

杨贵妃黯然摇头："最糟糕的是，动力系统大部分被摧毁，维生系统也就无法持续运转，没有血月亮，蓬莱无法每月浮起，定时补充能量也不可能了。剩下的人只好离开蓬莱，搬到陆地生活，从此神仙世界风流云散，各奔四方。"

"你为什么不走？神仙真的可以长生不死？"

杨贵妃长叹一声："不能！虽然我们比普通凡人的寿命要长得多，但并不能永远不死。只是我造成了这个恶果，就要为此负责。为了保住蓬莱，我必须留下来手动关闭入口，再操作仙山沉入海中，避免敌人再度找来。沉没之后，维生系统将在二十四小时之内关闭，为了生存，我不得不进入休眠。直到蓬莱浮起补充能量，我才会苏醒。"

千年的时光，对她而言，只相当于过了几个月，午夜醒来，独自徘徊在空旷幽静的蓬莱，无论怎样的清丽风光或是富贵享受，都只是过眼烟云，留下的是无穷无尽的孤寂。

"谢谢你救了我那两个朋友。"陈奇诚恳地说。他已推理出此事的前因后果：当初海老大和颜高鹤利用始皇剑劈开蓬莱的石门，兴奋之下，随手将青铜剑插在地上，便走了进去。谁知石门与晶柱一样，能够自己愈合，两人就此被困。杨贵妃发现后，抢在维生系统关闭之前，将两人封进了晶柱，一直休眠到现在。

杨贵妃嫣然一笑："他们是我蓬莱的旧子民，理应救助。"

陈奇恍然，难怪海老大父女弄海本领惊人，更有许多奇特的装备，原来是古文明遗留的后人。

"也谢谢你刚才救了我和我的朋友们。"想起血月亮的威力，陈奇犹自心有余悸。

"举手之劳而已，我不能让血月亮再杀害蓬莱子民。"杨贵妃漫步向前翩然而行，"人生代代无穷已，江月年年只相似……千年时光，世间早已改变模样，只有我，还停留在过去，永远走不出来……"

陈奇无法回答，默默地跟着她。所过之处，移步换景，春色明媚，秋色清淡，林中赏梅，月下观花，宛如电影一般，随时变幻。但是伸手碰触，却又真实无比，心中惊叹不已。

月光淡去，景色恍然又变，幻化成宫殿，迎面便是一座大晶屏，宝络珠缨，五色变幻，光彩迷离。屏后是一座极大的敞厅，晶玉为顶，当中设着十多个羊脂白玉大小座位，余下陈设俱是珊瑚珠翠之类。地面则是一整块的水晶铺成，下面是水。每隔几步，更嵌着一粒径寸的夜明珠，将地底千奇百怪的水族照得纤微毕现，越显奇异。

杨贵妃随手拿起白玉壶，在翡翠杯里倒了一杯酒，递给陈奇。

陈奇接过酒，惊异地问："这不是幻景？"

杨贵妃轻笑一声："世间物质，都是由粒子构成的，只要掌握了粒子排列组合的秘密，万物皆可随心变幻。"

陈奇会意："一生二，二生三，三生万物，看似无序，实则有序。"慢慢喝完了杯中酒。

杨贵妃轻声叹惋："你果然生具宿慧……"

陈奇露出了腼腆的笑容："过奖了，我也有疑问想请教，血月亮为什么能杀人？"

杨贵妃含笑解释："血月亮是由一种特殊的物质制成，可自行吸收日月精华为永恒动力，然后放出能量射线激活动力系统，但是人体却不能承受这种射线的威力。"

"原来如此。根据血月亮的记载，它是仙山武器的一部分，莫非，就是你所说的动力系统？"

杨贵妃流露出悲悯的神色："是的，动力系统既是能源，也是武器，瞬间释放的时候，威力足可以毁灭一个城市。"

陈奇打了个冷战："幸好动力系统已经损坏，以现在的技术无法修复吧？"

"不但现在无法修复，再过千年，人类技术恐怕也达不到当年古文明的水平。"

陈奇如释重负："那我就放心了。武器就像双刃剑，能够抵御外敌，也能自我毁灭……"

杨贵妃行若杨柳扶风，在宫殿里前行。

陈奇跟在她身后，好奇地东看西摸，不时地惊呼："啊，这是唐代的秘色瓷！这是王羲之的《兰亭序》！这个是……和氏璧制作的传国玉玺！真不敢相信，我以为它们早已失传，没想到却好好地保存在仙山！"

杨贵妃看着陈奇像孩子一样雀跃的神情，不禁莞尔："等世间太平，天下大同，这些珍宝便可以出世，供世人瞻仰。"

杨贵妃忽然停了下来，玉手轻挥，所有幻景化为云烟散去，眼前出现了一扇巨大的银色金属门，冰冷严酷，显出古文明的真实面貌。

"这里是……"陈奇心中惶然，意识到此处不同寻常。

"信仰之地。"杨贵妃低语，轻触银门，巨门缓缓向两边开启。

两人一前一后走入。里面同样巨大，仰头看高耸入云，极尽目力也看不到顶。周围尽是银白金属砌成，广阔无垠，人类站在中间，就如同蝼蚁一样渺小。

杨贵妃的神情变得庄严肃穆，垂头而立。陈奇为她所影响，也屏息凝神，严肃以待。

一束束光从四面八方亮起，全部照向中间一点，异常炫目。

光影逐渐凝聚成形，一个青年男子身影慢慢出现，约莫二十岁左右，身材颀长，穿一件样式简单的曳地白袍，肩披银色披风，长发如流云般垂地。容貌更是完美无瑕，神姿高彻，风采飘逸出尘。

陈奇原以为信仰之地应该是蓬莱所供奉的神灵所在，这个男子却没有神佛应有的庄严宝相，更像一个凡尘中的英俊青年，眉目含笑，神态亲切生动，似乎随时会与人交谈一样。

"这是哪位神仙？"陈奇小心翼翼地问。

杨贵妃转头看着陈奇，神情悲悯，欲言又止。

辟邪忽然跳下地，走到男子面前，纵身一跃，顺着衣袍爬了上去，转眼上了肩膀，蹲坐下来，"喵喵"地叫了两声。

陈奇一惊，只道那青年是光影造出来的，没料到竟然有实体，究竟是真是幻，实在无法分辨。

淡淡的泪光浮上了杨贵妃的眼眸，她走上前，轻声说：

"好久不见。"

那青年唇边浮起了微笑："好久不见。"

陈奇大惊失色，失声叫道："他是活的？"

那青年目光转向陈奇，一声轻叹："世事如烟云，遗忘了多少前尘……"

杨贵妃哽咽起来："你……可有什么嘱咐我的？"

"能够再见你一面，我已经很高兴了。"青年伸手拭去她眼角的泪痕，"谢谢你的陪伴，可惜能量有限，我不能久留，保重。"

光线暗淡下去，那青年的身体逐渐分解，杨贵妃叫了声"不"，扑过去想抱住他，却只见万千微尘纷然散化，一缕缕飘于空气中。

第十章

不知过了多久，光线重新亮起，陈奇这才发现自己已回归原先的大厅，晶柱光芒闪耀，一个个熟识的人姿态各异封在其中，感觉格外诡异。

杨贵妃已收起戚容，依旧那样雍容华贵，喟然而叹："千年一梦，可是我却不愿意醒……这里并不适合生存，你还是尽早回你的世界去吧。"她从衣袖中取出血月亮，递给陈奇。

陈奇不接："血月亮本是蓬莱之物，应该完璧归赵，我不能带走。"

"动力系统已毁，以现在落后的技术是无法修复的，蓬莱仙山还是要沉入海中休眠。"杨贵妃将血月亮塞进陈奇手中，"再说，血月亮已耗去大部分能源，留在蓬莱也无用，必须重新采收日月精华，才能恢复原状。希望你能帮我这个忙，带它回人间去。"

陈奇想了想："好，我暂时代你保管血月亮，夜夜以月光供养，等它吸足能源，再回蓬莱归还。"

杨贵妃郑重嘱咐："请先生千万要将血月亮留在身边，对你有很大的益处，切记。仙山的故事，还望先生保守秘密，不要外传。"

陈奇小心地将血月亮收进怀中："你放心，我会守口如瓶。"

他顿了顿，又问："我这些朋友怎么办？"

"先生放心，上一次你朋友的渔船毁于漩涡，他们两个只能困在仙山。如今附近有轮船，我当然会送他们和你一起出去。"杨贵妃忽然想起什么，轻唤两声，辟邪溜溜达达跑了过来，"别忘了这小家伙。"

陈奇弯腰抱起辟邪，意味深长地问："我想辟邪也是蓬莱的子民吧？"

杨贵妃嫣然一笑："是也罢，不是也罢，它已属于先生，我想先生一定会善待它的。"她轻移莲步，向晶壁走去。

陈奇知道她将回归休眠，不由得恋恋不舍："你要走了吗？"

杨贵妃美目流转，顾盼生姿："人生苦短，终有一别，忘了罢，对你对我都公平。"她终究还是不忍，从腰间解下一个小巧的金香熏球，放在陈奇手中。

那股曾经闻到过的幽香又在鼻端萦绕。陈奇握着金香熏球，望着杨贵妃款款走入晶壁，眼前慢慢模糊了。

凄清婉转的歌声悠悠传来，缭绕不绝："在天愿作比翼鸟，在地愿为连理枝。天长地久有时尽，此恨绵绵无绝期……"

随着歌声渐渐隐没，洞中的光线也暗了下来，一阵困意袭来，陈奇闭上了眼睛，恍惚不知身在何处……

仿佛沉在冰冷的海水里，寒意浸透了全身，陈奇任由自己的意识飘浮，第一次产生了不想回到人间的念头……

一双大手抓住了他，将他拖上船。

"老板，老板，快醒醒，做什么美梦呢，在海里也能睡着，中邪啦？"耳边传来李四的唠叨，一只手不停地掐自己的人中，揉太阳穴，试图唤醒自己。

陈奇叹了口气，很不情愿地睁开眼睛，坐起身，发现自己在小船上，除了李四，其他人都是昏昏沉沉的模样。

他回头望去，海上波平如镜，一望无际，不远处浮起一层朦胧、神秘的光辉，微茫奇妙，仿佛远古时代的神话传说，绚丽而斑斓。

陈奇低头看着手里的金香熏球，无尽的伤感涌了上来，心里默默告别：再见，美丽的传奇……

附近的长安号在海豚的指引下，开过来接了一行人，掉头向渔港驶去。

吉祥听薇拉绘声绘色说起仙山的奇珍异宝，连连叹气，懊恼自己扭伤了腿，失去了大好的发财机会。

对于颜高鹤私自上仙山之事，陈奇并未多问，反而颜高鹤心下有愧，一再道歉和忏悔。陈奇叹了口气："现在说这些已经没有意义，故人已逝，不可复生，当年聚会把酒言欢，如今再也不可能了。"

颜高鹤这才知道姜育林、方文轩和纪典均因血月亮而死，不由得心中大恸，一时泪流满面，悲痛不可自抑。

陈奇从船舱出来，带上了门。不远处的甲板上，海老大正和海珍珠聊天。久别重逢，父女俩有说不完的话，全身都洋溢着幸福的气息。

悲伤和幸福，有时也只是一线之隔。

苏菲不知何时走来，轻声说："先生，你要找的宋景弘，我已经帮你查到了，很可惜……"

"我知道。"陈奇也很惋惜，一个才华横溢的青年，尚未能够进入高等学府深造，便已命丧黄泉，实在令人痛心。

"不过，我发现一个有意思的事。冒充宋景弘的这个千面洛神，履历也是假的，背后似乎有极厉害的势力支持，我能查到的线索统统中断，本事真不小。"苏菲当时已意识到千面洛神的可怕，才追赶而来，希望能及时提醒，不过还是迟了一步。

陈奇忽然想到一事："你还记得吗？千面洛神在仙山夺到血月亮时，兴奋之下说了一句'横扫中国大陆，帝国一统天下'，你觉得什么人会称呼自己的国家是帝国？"

苏菲心中一紧："先生的意思是，千面洛神是日本人？"

"我们把人带回上海，放出风声，只要有人出手营救，一定会露出马脚。"

苏菲点头，这次千面洛神一并被带回，李四寸步不离地看管，以防他再作乱。

"先生，不知道后来发生了什么，为什么我完全没有记忆?"苏菲终于忍不住抛出了疑问。

陈奇淡淡一笑:"不知道反而更好……"神情怅惘，眺望着大海，不禁出了神。

苏菲不便再问，心中更加好奇。

回程很快，不到两天便靠了岸，海老大偕海珍珠在港口就地与众人告别。陈奇知道他一是不想触景伤情，二是要去寻找村民的尸体安葬，并未挽留，只是说:"将来若有需要，托人带个信给我就成。"

"先生救命之恩，我海老大必定报答，后会有期。"海老大挥挥手，带着海珍珠走了。陈奇目送着他们，夕阳余晖，将两人的身影拉长拉远，渐渐消失在远方，心里有一种说不出的别离伤感，愁绪满怀。

苏菲在旁边提醒:"何船长他们在船上值守，其他人今天在村里过夜。明天先生是随我们坐船，还是乘车回去?"

李四抢着说:"老板脸色很差，我建议还是乘车吧，万一生病了，随时能请到医生诊治。"

陈奇也觉得头晕目眩得厉害，回航时一直呕吐，最后决定乘车回沪。吉祥腿脚严重扭伤，行动不便，留在了船上。

一行人押着千面洛神回到小岭村，村子已荒无人气，秋风卷集着落叶吹过，看上去格外凄凉阴森。

薇拉忍不住气愤地踹了千面洛神一脚："你这个杀人凶手，应该……应该……"她一时想不到合适的词语。

"应该千刀万剐！"苏菲说出了她想要的成语。

千面洛神双手被缚，恶狠狠地瞪着薇拉，李四用力将他推了个踉跄："看什么看？还想造反不成？"

两个男人互相瞪视，眼神交会仿佛有火花爆溅，千面洛神忽然冷笑一声，低头向前走去。

陈奇顾不上理会这些小纷争，他的头痛得几乎要裂开，身体忽冷忽热，眼前的一切都模糊不清。

众人已走到祠堂前，先前开来的雪佛莱车仍然停在门口。李四下意识地摸了摸，钥匙一直扣在腰带上，居然没有丢失。

陈奇忽然身体一晃，眼看要摔倒，李四急转身扶住了他："老板，没事吧？"

一个冰冷的硬物顶在了陈奇腰间。

陈奇不可置信地抬起头，李四依旧微笑着，眼神却已冷了下来。

"老板，上车！"

事出意外，苏菲和薇拉还没反应过来，李四已挟持着陈奇跑向雪佛莱。同时，千面洛神也用李四先前暗塞给他的刀片割断了绳索，抢过去拉开了驾驶座的门，钻了进去。

苏菲急拔枪对准了李四："放开先生！"

李四的枪口移到了陈奇的太阳穴，一只手拉开了后车门。

尽管苏菲心急如焚，也不敢开枪：李四躲在陈奇身后，挡住了咽喉胸腹等要害处，不能一枪致命，陈奇必受反扑之害。

薇拉性急，瞄准李四的头部就要扣扳机，苏菲吓得用力一抬她的手，"砰"的一声，子弹擦着李四的头皮飞过。

李四大骂一声，推着陈奇滚入车内，一边还击，一边大吼："开车！"

雪佛莱已经发动起来，吼叫着冲出，险些一头撞上墙。

"倒车！"李四边喊边从窗口探出半身开枪。陈奇知道他枪法厉害，猛地一头撞上李四的腰，差点将他撞飞出去。

枪声密如炒豆，李四赶紧缩回身。千面洛神倒过车头，一脚将油门踩到最大，汽车呼啸着冲上土路，飞驶而去。

苏菲和薇拉奔跑着开枪追击，却毫无用处，眼睁睁地看着汽车消失在漫天的灰尘里。

车里，千面洛神边开车边说："快，血月亮。"

李四看着陈奇，说了句："老板，抱歉。"伸手从陈奇怀里掏出血月亮，收进自己的百宝囊中。

千面洛神从后视镜中看见血月亮，贪婪得眼中几乎要放出光来："咱们事先说好了，血月亮谁也不能独吞。"

李四用枪口点点千面洛神的后脑勺，冷冷地说："老实开车。"

陈奇一直盯着李四，盯得他几乎暴躁起来。

良久，陈奇才说："李四先生，你为什么要这样做？"

李四笑了笑，眼中闪过一丝不易察觉的苦涩："老板，你不了解江湖！"

"我不了解江湖，可是我了解你，李四先生。"陈奇喃喃着，"我不相信从一开始，你就是为血月亮而来。"

李四不答，英俊的脸绷得紧紧的。

陈奇原本已觉得不舒服，经过这么一折腾，更加难受，浑身发热，却又冷汗直流，靠在座椅上，软绵绵的没有丝毫力气。

夜色渐浓，大地黑暗如墨，雪佛莱开着大灯在路上飞驰，宛如黑夜里的一盏孤灯。

陈奇烧得神志不清，土路高低不平，颠得他一阵阵反胃作呕。

李四见势不妙，大喊一声："停车！"

千面洛神不耐烦地说："赶路要紧，这个时候停什么车？"

李四扶起陈奇，让他靠在自己的肩头："老板要吐了，你想让他吐在车里？"

千面洛神一愣，骂骂咧咧踩下刹车。

李四打开车门，半扶半抱着陈奇出来，走到路边。陈奇昏昏沉沉地扶着一棵树，呕吐不止。因为没吃多少东西，吐出来的全是胃液和酸水。李四轻拍着他的背，让他好受一点。

千面洛神烦躁地走来走去，突然过来推开李四："这是个大麻烦，不如趁早解决了！"一把掐住陈奇的脖子！

李四飞起一脚踢去，千面洛神闪身躲开。

"我李四的老板，只能我来动手，任何人不能碰他一根毫毛！"

千面洛神瞪着李四，突然一翻腕。

李四反应极快，搂着陈奇急闪到树后。

"砰砰"两声枪响，子弹挟着尖厉的啸声，险险从李四脸旁擦过。

李四骂了声"王八蛋"，伸手到腰间一摸，果然手枪被千面洛神摸走了。

千面洛神心中得意，忍不住嘲笑："想不到你李四也有打盹的时候，怎么，担心你家老板，走神了？"斜刺里奔跑着，连连开枪。

李四抱着陈奇滚倒在地，躲过子弹，闪电般抽出另外一支手枪，对准千面洛神还了两枪。

李四冷笑一声："哼，老虎打盹的时候也会睁着一只眼！"

千面洛神急忙跳到一个土坎后藏身。

李四小心地将陈奇藏在一丛灌木的后面，矮身飞奔向千面洛神，不停地射击。

双方互相对射，很快子弹就打光了，只得扔掉手枪。

李四亮出匕首，猛身而上。千面洛神施展空手入白刃的功夫，去抢夺匕首。

两人交手几个回合，李四胜在格斗出色，千面洛神轻功厉害，双方居然打了个平手。

千面洛神喘着气，眼珠一转，突然冲向灌木丛，一脚踢向躺在地上的陈奇。

李四立刻反应过来，横身跃来，一记重拳，打得千面洛神不得不回防自救。

千面洛神瞧出便宜，不停攻向陈奇。李四拼命挡驾，陈奇还是被踢中了，痛得呻吟起来，睁开了眼睛。

李四一慌神，腰腹重重挨了一脚，飞跌出去，摔在地上，一时爬不起身。

千面洛神快速冲上前，夺过李四的匕首，反手压在他的脖子上，伸手到他怀里掏血月亮，却摸了个空，脸色一变。

千面洛神神色狰狞："血月亮呢?"手一紧，匕首入肉，李四脖子渗出了血。

李四不屑地冷笑："无可奉告!"

千面洛神假笑着说："咱们在船上说好了，我助你复仇，你帮我夺回血月亮，何必闹到翻脸的地步……"

李四冷笑不答。

千面洛神眼珠一转："你是条汉子，可惜，陈教授未必是，如果我在他身上开几个口子……"

李四怒喝："你敢！"

千面洛神大笑："我杀人无数，有什么不敢！"一掌猛击李四的后颈，打得他跌倒在地，动弹不得。

千面洛神拿着匕首走向陈奇。

陈奇不由自主地向后挪动，但他正在发高烧，浑身无力，根本爬不起身。

千面洛神一脚踏在陈奇胸口，正要一刀扎下，李四猛地翻滚过来，一脚扫去，千面洛神不得不跳开。

千面洛神大怒："敬酒不吃吃罚酒，先杀了你！"扑上来，猛地一刀扎向李四的胸口！

突然，一道耀眼的红光闪过。

千面洛神维持着举刀的动作，僵住了。

李四连滚带爬地逃开，转头看时，陈奇坐在地上，颤巍巍地举着血月亮，手指还按在凹孔中。

原来，李四担心打斗中血月亮失落，刚才将陈奇藏入灌木丛时，迅速掏出血月亮塞进了陈奇的怀里。反正陈奇重病在身，也不怕他趁机逃走。

李四喘了两口气，艰难地站起身，向陈奇走过去。

陈奇颤声说："别过来，我……我有血月亮……"手指按进了血月亮的凹孔。

"老板，除非你杀了我，否则，我还是要你的血月亮！"李四盯着陈奇，脚下毫不迟疑。

陈奇瞪着李四，按在血月亮凹孔里的手指不停地颤抖。

李四一步步走到陈奇面前，慢慢抓住血月亮。陈奇死死地握住血月亮不放，只是他哪能敌得过李四的力气，感觉血月亮正在一点点脱离自己的手掌。

只要用力一按，便能摆脱现在的困境，可是陈奇看着李四深邃的眼睛，手指怎么也使不上劲。

血月亮最终落进了李四的手里，陈奇颓然歪倒，瞬间好像老了十岁。

"李四，回头是岸，不要铸成大错……"

李四柔声回答："对不起，老板……"伸手轻轻一按陈奇的后颈。

陈奇眼前一黑，倒了下去。

李四抱起陈奇，走出小树林，左右张望了一圈，忽然发现路边有一间看瓜的草棚，便将陈奇抱了进去，放在一堆稻草上，脱了外衣，盖在陈奇身上。

李四走到茅草棚口，最后回头看了一眼陈奇，蹒跚地离开。

天亮时分，苏菲、薇拉带着人在路边的草棚中找到了昏迷的陈奇。他蜷缩成一团，身上盖着一件黑呢大衣。

尾　声

　　冬天的下午，阳光暖意盎然，驱散了庭院的寒冷。陈奇倚在躺椅上，盖着薄毛毯，慢慢地翻书。旁边小茶几放着一壶清茶、两碟干点。辟邪趴在他脚边的毯子上，眯着眼睛打盹。

　　林妈拎着暖瓶过来给茶壶续水，嘱咐："病才好，少看书，少费精神，别累着了。"

　　陈奇笑着说："我没这么娇贵，不过是感冒而已。"

　　林妈哼了一声："感冒能躺两个月？我看是心病吧！"

　　一语揭穿陈奇的心事，他只好尴尬地咳嗽。

　　林妈又哼了一声："那个小兔崽子，要是落在我手里，非扒他的皮抽他的筋不可！"

　　陈奇不愿多提，便岔开话题："林妈，晚上我想喝鸡汤。"

　　"早就炖在锅上了，哎呀，我去看着火。"林妈急匆匆跑进了厨房。

陈奇叹了口气，再无心思看书，合上书本，闭目养神。

门铃响了两声。

陈奇想了想，决定自己起身开门。

他慢慢地走去，拉开铁门上的小门："请问……"抬头看清了来人，顿时脸色大变，僵在原地，动弹不得。

李四仍旧是那副满不在乎的模样，扶着门，露出一个大大的笑容。

"老板，物归原主。"手一扬，一个圆形物飞了过来。

陈奇不由自主伸手接住，定睛一看，竟然是血月亮，只是颜色已经变成了黑灰，显然不能再用了。

"你……"无数的话涌上陈奇的喉咙，却一句也说不出来。

李四目光在陈奇脸上一转："老板，你还缺保镖吗？"

陈奇气得"砰"地关上了门，平生教养太好，想了半天也没想出骂人的词，只好来了一句："混蛋！"

辟邪不知何时跑了过来，喵喵地叫着挠门。

陈奇看着紧张的猫咪，隐隐感觉不对，立刻又拉开了门。

李四已经背靠在铁门上，正慢慢地往下滑。

陈奇猛地掀开李四的大衣，只见他胸口一大团血迹，正在逐渐扩大。

路边挑担走过的小贩无意中看到一个小个子教授扶着一个大个子男人跌跌撞撞进了别墅，连门也忘了关。

"桂花赤豆粥……喷香芝麻糊……"小贩亮开嗓门使劲吆喝了两声，希望能招徕生意。隔了一会儿，却出来个虎着脸的老妈子，恶狠狠地关上了门。

　　小贩失望地挑着担子继续前行，很快将这点小插曲忘在脑后。

　　亚尔培路又寂静下来，阳光斑斓地映在地上，偶尔响起一声猫叫，为冬日的午后增添了一丝生机。